안시성

_ 차례

우 리 는 물 러 서 는 법 을 배 우 지 못 했 다

I. 주몽 신께서 보여주신 대로
되고야 말았습니다

말들이 땅을 박차고 달리는 소리가 천지를 울렸다. 고구려 군사들은 온몸에 전해지는 진동을 느끼며 적들을 향해 달려 갔다. 태학 학도들도 두려움을 삼키며 힘껏 무기를 쥐었다. 고 구려군과 당나라군 사이에는 지나가는 바람마저 베어낼 듯한 팽팽한 긴장감이 돌았다.

태학을 이끄는 학도장 사물이 소리쳤다.

"태학 학도들은 뒤처지지 마라!"

학도들이 함성을 외치며 앞서가는 철갑기병에 바짝 따라붙 었다. 학도들 뒤로는 보병들이 달려와 전력을 더했다. 고구려군들이 나아가는 방향에는 당나라 장수 이적의 군대가 기다리고 있었다.

당나라 황제 이세민은 주필산 앞에 펼쳐진 벌판을 무섭게 노려보았다. 이세민은 진격하는 고구려 군대와 거리를 가늠하며 신경을 곤두세웠다.

"정신들 바짝 차려라."

이세민의 목소리가 날카로웠다.

고구려 장수 고연수가 이끄는 철갑기병은 철갑으로 만든 갑옷으로 무장을 하고, 철기로 만든 창과 칼을 쥐고 마갑을 둘러 방호한 말을 타고 있었다. 철제 투구 밑으로 눈빛이 번뜩였다.

고연수의 얼굴에 긴장한 기색이 역력했다. 상대는 전쟁의 신이라 불리며 세상을 두려움에 떨게 한 당나라 황제 이세민이었다. 대군을 이끌고 공격해온 이세민은 고구려 국경의 성들을 순식간에 함락시켰다. 만약 여기 주필산 벌판에서 고구려가 패배한다면 심장을 누르고 숨통을 조이기 위해 당나라군은 평양으로 진격할 것이었다. 주필산에서 당나라군을 몰아내야만 했다. 고연수는 대막리지 연개소문의 명을 가슴에 새겼다.

"가라! 이세민의 목을 가져와라!"

당나라 진영에 가까워지자 고연수가 공격을 외쳤다.

선두에서 나아가던 철갑기병이 일제히 앞으로 돌진하였다.

그러자 당나라 진영 너머로 허공을 찢는 바람소리가 울렸다. 당나라 장창병 뒤에서 궁수들이 쏜 수백발의 화살이었다. 하늘 높이 날아오른 화살들이 속도를 높이며 철갑기병을 향해 날아들었다. 수백발의 화살이 하늘을 뒤덮으며 태양이 가려졌고, 그 광경은 마치 고구려군들을 향해 덮쳐오는 거대한 그물 같았다. 날카로운 화살촉을 창과 칼로 쳐내며 쇠가 부딪치는 마찰음이 울렸다. 칼날 사이로 날아온 화살은 철갑옷을 뚫지 못하고 바닥으로 떨어졌다. 대열이 흐트러지지 않은 고구려 철갑기병이 앞으로 계속 나아갔다. 간격이 일정한 발소리가 땅을 울리며 당나라군들의 목을 조였다. 당나라 궁수들이 쉴 새 없이 화살을 쏘았지만, 철갑으로 만들어진 견고한 방어막을 뚫지 못했다.

고구려 철갑기병이 가까워지자 이번에는 당나라 노수들이 장창병의 방패 뒤에서 석궁을 쏘았다. 화살은 직선으로 무겁게 날아가 위력적으로 목표에 꽂혔다. 그러나 마갑으로 몸을 가린 말들은 쓰러지지 않았고, 창과 칼로 얼굴에 날아든 석궁을 튕겨낸 철갑기병은 그대로 당나라군을 향해 달려들었다. 기세가 오른 고구려군들이 허공을 향해 함성을 외쳤다. 엄청난 울림이 벌판을 뒤흔들었다. 태학 학도생들은 맹렬하게 달려 나가며 당나라군들을 위협했다. 다급해진 당나라군은 궁수와 노수를 뒤로 물렸다. 그 자리에 장창병들이 나와 간격을 좁혀 섰고, 방패를 들어 대열을 만들고 예리한 창을 세웠다. 철갑기병은 손에 쥔 말고삐를 바짝 조였다. 말들이 뒷발로 땅을 박차고 몸을 세우며 거친 울음을 울었다. 높이 들었던 말 머리가 장창병 머리 위로 무겁게 떨어지면서 방패를 쥔 장창병을 짓밟았다. 장창병의 자세가 무너지자 말에 탄 고구려 기병이 쇠못이 달린 신발로 당나라군의 얼굴을 짓밟았다. 고구려 철갑기병과 충돌한 당나라 장창병은 빠르게 대열이 무너졌다. 철갑기병이 장창병들을 뭉개고 지나가면 뒤따라온 사물의

학도부대가 칼을 휘둘러 살아남은 자들을 베었다.

당황제 이세민은 이적의 군대가 무너지는 모습을 지켜보았다. 철갑기병이 싸우는 모습은 마치 거대한 불길이 번지며 지나간 자리를 잿더미로 만드는 것처럼 보였다. 오래전부터 들어왔던 고구려군의 위력을 두 눈으로 직접 확인하는 순간이었다.

"고구려 개마무사의 위세가 대단하구나."

이세민이 당나라 장수 방연을 향해 말했다.

"그렇습니다, 폐하. 수나라의 백만 대군도 저들을 당해내지 못했습니다."

방연이 두려운 목소리로 대답했다.

철갑기병이 휩쓸고 지나가는 자리마다 당나라군들이 고통스러운 비명을 질렀다. 긴 창에 가슴이 뚫리고 칼날에 목이 잘려나갔다. 방패를 세웠던 당나라 장창병들은 어느새 바닥에 쓰러져 피를 흘리고 있었다. 당나라군의 사상자가 빠르게 늘어갔다. 이적의 부대가 맹수에게 물어뜯기 듯 먹혀 들어갔다.

고구려 장수 고연수는 철갑기병의 진군을 바라보며 바짝 조였던 긴장을 풀었다. 이대로라면 주필산 벌판에서 당나라군을 격파하고, 승기를 거머쥐고 돌아갈 수 있을 터였다. 활기를 되찾은 고연수가 함께 진격한 신녀 시미를 향해 말했다.

"내가 뭐라고 했나? 고구려 신은 우리를 버리지 않는다."

고구려 신녀 시미는 굳은 얼굴로 아무 말도 하지 않았다.

시미의 뒤로 신녀를 모시는 여인들이 커다란 활을 들고 당나라 진영을 주시했다. 시미는 철갑기병이 당나라 진영을 파고드는 모습을 지켜보면서도 불안감을 감추지 못했다. 시미의 머릿속에 신전에서 본 환영이 생생하게 떠올랐다. 어둠이 짙은 주필산 벌판과 허공을 맴도는 까마귀들, 벌판에 흐르는 검붉은 피, 발 디딜 틈 없이 즐비한 주검들. 시미는 몸을 떨며 벌판을 메운 주검들의 얼굴을 들여다보았다. 고구려군들이었다. 신전에서 나온 시미는 출정을 반대하며 고연수에게 말했다. 주필산 전투에서 패배할 것이라고. 고구려 신은 우리를 버렸다고. 그러나 시미의 말은 받아들여지지 않았다.

무서운 기세로 진군한 철갑기병이 당황제의 중군 근처까지 뻗어갔다. 이적의 군대가 뚫린다면, 고구려군들이 단숨에 진격하여 당황제의 목덜미에 칼날을 들이밀 수 있는 상황이었다. 상황을 지켜보던 방연의 얼굴에 핏기가 가셨다.

"폐하, 이대로 가다간 이적군이 궤멸됩니다."

방연이 이세민을 향해 다급한 목소리로 말했다.

"아니다. 이적은 버텨낼 것이다."

이세민의 목소리는 떨림이 없었다.

이적의 군대 안으로 파고 들어온 고구려군은 거침없이 적을 섬멸했다. 이적의 군대 가장 깊은 곳까지 파고든 철갑기병이 속도를 높였다. 이대로 밀고 나가 대열을 끊어낸다면 이적의 군대는 분열될 것이고, 흩어진 당나라군을 쓸어버릴 수 있을 것이다. 고지를 앞둔 고구려군의 기세가 높아졌다.

그때였다. 고구려군의 후미에서 흰옷을 입은 사내가 군대를 이끌고 나타났다. 산을 돌아 나와 벼락같이 나타난 사내는 당나라 장수 설인귀였다.

이상한 낌새를 챈 고구려 장수 고혜진이 뒤쪽에서 몰려오는 당나라군들을 발견하고 외쳤다. "적이다. 적이 뒤에서 공격해 온다!"

고연수가 놀라 뒤를 돌아보았다. 분명 진격할 때 보지 못했던 당나라 군대였다. 산을 돌아 나온 설인귀는 고구려군들의 뒷덜미를 물어뜯기 위해 달려들었다. 이미 이적의 군대 안으로 진격한 고구려군은 빠져나갈 길이 없었다. 함정이다. 고연수의 등에 서늘한 식은땀이 흘렀다. 이적의 군대는 함정이었다. 깊이 끌어들여 퇴각로를 막고 몰살시키려는 속셈이었던 것이다. 뒤늦게 이세민의 전략을 알아챈 고연수의 눈동자가 초점을 잃고 흔들렸다.

하얀 옷자락을 펄럭이는 설인귀를 발견한 이세민은 몸을 바로 세우고 손을 높이 들며 외쳤다.

"지금이다! 총 공격하라!"

순식간에 전세를 역전시키는 신호였다.

당나라 진영에서 장수가 커다란 깃발을 흔들었다. 군사들이 북을 두들기자 호수에 파문이 번지는 것처럼 벌판에 울림이 퍼져나갔다. 뒤이어 긴 나팔소리가 울렸다. 진영에서 대기하고 있던 당나라군들이 칼날을 세우고 전투에 합류했다. 당나라 장수 이도종의 중군 군사가 철갑기병을 향해 돌진했다. 이와 동시에 아사나사이의 이민족 기병들도 고구려군을 향해 달려들었다.

후미에서는 설인귀의 기병들이 화살을 쏘았다. 고구려군이 마주한 이적의 군사들은 북소리에 활기를 되찾고 반격을 감행했다. 장창을 높이 들고 고구려군이 나아갈 길을 차단하자 혼란에 빠진 고연수가 주위를 돌아보았다. 당나라군은 먹이의 몸통을 조이는 보아뱀처럼 고구려군을 포위한 상황이었다. 숨이 가빠지고 뼈가 으스러져도 도망갈 길이 보이지 않았다. 고연수의 얼굴이 창백해졌다. 승리의 길이 아니라 살아남을 수 있는 방법을 찾아야 했다.

고혜진이 몰려드는 당나라군을 베어내며 고연수를 향해 말했다.

"함정입니다. 이세민이 군사를 숨겼습니다. 적군이 사방에서 공격해옵니다."

"군사를 나눠라!"

"지금 방향을 바꾸면 군사들이 혼란에 빠집니다."

"포위망에 갇히면 전멸이다. 명령을 따르라!"

고혜진이 마지못해 깃발을 들었다. 신호를 발견한 장수들이 군사들에게 방향을 돌리라고 명령했다. 기병들이 말머리를 돌리자 서로 뒤엉켜 방향을 잃었다. 공간은 충분하지 않았고 퇴로는 보이지 않았다. 태학 학도들이 기병들을 따라 몸을 돌렸다. 그러나 후미에서 설인귀의 군사들에게 쫓겨 오는 고구려군을 마주하고 혼란에 빠졌다. 앞으로 나아갈 수 없고, 뒤로 물러설 수 없는 고립지대였다.

사물이 필사적으로 태학의 대열을 정비하며 소리쳤다.

"흩어지면 안 돼! 대열을 갖춰라!"

사물의 외침은 혼란 속으로 빨려 들어갔다. 이미 방향 감각을 잃어버린 학도생들은 방황하는 군사들과 뒤섞였다. 대열이 무너진 고구려군 사이로 당나라군이 헤집고 들어왔다. 발목이 묶인 고구려군의 팔다리를 자르고 가슴에 창을 찔러 넣었다. 동료 군사들이 피를 흘리며 쓰러지기 시작하자 고구려군은 순식간에 공포에 사로잡혔다. 공포는 전염병처럼 빠르게 퍼져나갔다.

당나라 경장기병들은 승기가 기울어지는 순간을 놓치지 않았다. 말머리가 엉킨 고구려 기병들을 목표로 삼았다. 고구려 기병들이 마갑을 앞세워 칼을 받아내기 전에 칼을 든 당나라 검수가 말의 허벅지를 칼로 찔렀다. 말이 고통스럽게 울며 발작을 했다. 크게 요동치는 말 위에서 중심을 잃은 기병들이 바닥으로 떨어졌다. 고구려 기병들은 머리가 깨져 죽거나 떨어지자마자 칼에 목을 베여 죽었다. 당파창을 든 당나라군은 갈 길을 찾지 못하고 방황하는 말에 접근했다. 갈고리 모양으로 생긴 창끝으로 말등에 앉은 기병을 바닥으로 끌어내렸다. 공격을 피하지 못한 기병들이 바닥에 떨어져 뒹굴면 당나라 도부수가 도끼를 들고 달려들어 머리를 깨부수었다.

후미에서 나타난 설인귀는 하얀 옷을 휘날리며 잔혹하게 고구려군을 베어나갔다. 창을 휘두를 때마다 빨간 핏자국이 옷자락을 적셨다. 긴 창은 허공에서 가볍게 돌았으나 고구려군을 깊게 베고 지나갔다. 고구려군의 눈에 설인귀는 죽음을 몰고 온 귀신같았다. 퇴각로를 살피던 고혜진은 설인귀 손에 쓰러지는 고구려군들을 보았다.

고혜진이 고연수를 향해 절망스러운 얼굴로 말했다.

"이대로 있다간 몰살입니다. 퇴각해야 합니다."

고연수는 고민에 빠졌다. 결정을 내리지 못하고 신녀 시미를 바라보았다. 입술이 새파랗게 질린 시미는 온몸을 벌벌 떨고 있었다. 시미의 눈동자가 허공에서 방황했다.

"주몽 신께서 보여주신 대로 되고야 말았습니다."

시미의 목소리가 거칠게 갈라졌다.

고연수가 입술을 질끈 깨물며 신호를 보냈다. 고구려의 퇴각을 알리는 깃발이 펄럭였다.

깃발을 보지 못한 사물은 목덜미를 스치는 칼을 피해 몸을 돌렸다. 그리고 반동을 이용해 다시 발을 돌리며 그대로 당나라군의 심장에 칼을 찔렀다. 당나라군이 쉬지 않고 달려들었다. 사물이 숨을 몰아쉬며 거침없이 칼을 휘둘렀다.

사물과 함께 싸우던 학도 눌함이 사물에게 외쳤다.

"사물아, 퇴각기가 올랐다! 여기를 벗어나야 돼. 안 그럼 다 죽어!"

눌함이 거리를 좁히며 사물을 잡아끌었다. 그런데 갑자기 사물을 끌던 힘이 가벼워지면서 눌함이 바닥으로 엎어졌다. 사물이 황급히 고개를 돌리자 눌함의 목을 창으로 찌르고 달려가는 당나라군이 보였다. 온몸에서 힘이 빠져나간 눌함이 가까스로 이름을 불렀다.

"사물아……."

"괜찮을 거다. 괜찮을 거야."

눌함의 목에서 울컥 피가 쏟아져 나왔다. 울음이 터진 사물

이 손을 더듬었다. 눌함이 말을 잇지 못하고 눈꺼풀을 파르르 떨었다.

사물의 머리 위로 다른 학도들의 외침이 들렸다.

"퇴각해! 어서!"

눌함의 피를 닦아주던 사물이 번뜩 고개를 들자 얼굴 위로 피가 튀었다. 칼을 쥔 손이 그대로 잘려나간 고구려군이 비명을 질렀다. 뒤이어 얼굴에 창이 날아들면서 비명조차 길게 이어지지 못했다. 사방에서 동료 군사들이 처참하게 죽어가고 있었다. 사지가 잘리는 비명이 귓속을 파고들어 몸이 얼어붙었다. 아비규환이었다.

정말 이길 수 있다고 생각하는 겁니까

2. 아무도 도우러 오지
않을 것이다

흐린 달빛에 주필산 벌판을 가득 메운 시신들이 보였다. 두 발로 걸어 진영으로 돌아가는 당나라군의 위세가 등등했다. 고구려 국경에서 연개소문의 최정예 군사들을 섬멸하고 숨통을 쥐었노라 승전보를 울렸다.

그날 밤, 당나라 황제 이세민의 막사에는 전투를 이끌었던 장수들이 모여들었다. 장수들이 모여든 막사 안은 세차게 내리는 비에도 뜨거운 열기가 풍겼다. 장수들 앞에는 고구려 신녀 시미가 무릎을 꿇고 앉아있었다. 끈이 풀린 머리가 흘러내려 창백한 얼굴을 가렸고, 초점을 잃은 눈동자가 벌판에 버려

진 시신과 다르지 않았다. 시미는 마치 주필산 전투에서 헤어 나오지 못한 사람 같았다. 처참하게 죽어가는 고구려군들의 모습이 눈앞에 끊임없이 반복되었고, 귓가를 파고드는 비명은 사라지지 않았다. 피 비린내가 몸의 내부에서 흘러나오는 것 같은 착각이 일었고, 두려움이 영혼을 파고들었다.

시미를 바라보며 이세민이 물었다.

"이 여인은 누구냐?"

"고구려의 신녀입니다. 신이 앞을 내다보는 능력을 주었다고 하지요."

당나라 장수 방연이 대답하며, 손에 들고 있던 활을 두 손으로 건넸다. 그 활을 본 시미가 발작을 일으키듯 몸부림치며 소리를 질렀다.

"안 된다. 이건 고구려의 신물이다!"

혼이 빠져 나간 사람처럼 늘어져 있던 시미가 화살에 홀린 듯이 손을 뻗었다. 그러자 옆을 지키던 군사들이 재빨리 몸을 붙들었다. 시미가 격렬하게 저항했지만 마른 풀잎처럼 힘이 없었다.

방연이 설명을 덧붙였다.

"이것은 고구려의 시조인 고주몽이 쓰던 활과 화살입니다. 고구려인들은 전쟁의 승리를 위해 신녀에게 이 활을 들려 앞세운 것입니다."

이세민이 흥미로운 표정으로 천천히 화살을 살폈다. 고구려 인들이 활을 잘 쏘는 민족이라는 이야기는 익히 들어온 터였 다. 고구려의 활은 한 발을 쏘아도 천 보를 날아갈 만큼 힘이 좋고, 먼 거리에서도 정확하게 목표를 꿰뚫는다고 했다. 이세 민은 예리한 눈으로 고주몽의 활과 화살을 살펴보았다. 활의 시작부터 이어진 시선이 유려한 곡선을 타고 휘어져 내려오 며 화살이 지나는 중심점에 머물렀다. 그리고 다시 곡선을 따 라 올라가며 활시위를 거는 양 끝의 고리 지점까지 뻗어나갔 다. 활과 하나를 이루는 화살은 비슷하면서도 완전히 다른 힘 이 느껴졌다. 직선으로 뻗은 나무에서 하늘을 향해 자라난 올 곧은 기운이 묻어났다. 바람을 타는 깃털은 고양이 꼬리처럼 부드럽게 뻗어 있었고, 화살촉은 매끄럽고 단단한 흑요석으로 이루어져 있었다. 보고 있기만 해도 빛나는 검은 돌이 바람을 가르고 날아가 적의 심장을 파고드는 모습이 눈앞에 그려졌 다. 아름답고 강한 무기였다.

"흑요석으로 만든 화살촉이군. 쇠보다 가벼워서 훨씬 멀리 나아가지."

이세민은 화살에 활을 먹인 다음 손아귀에 힘을 주고 힘껏 시위를 당겼다. 활시위는 손의 힘을 따르지 않고 팽팽하게 긴장하며 모양을 지켰다. 이세민이 힘을 강하게 주며 한 번 더 시위를 끌어당겼으나 마찬가지로 휘어지지 않았다.

방연이 말했다.

"폐하. 그 활은 지금도 아무도 휘는 자가 없다고 합니다."

이세민이 손에 힘을 풀며 말했다.

"한낱 전설에 불과한 것이군. 이제 평양성으로 향하는 길에 남은 건 무엇인가?"

"안시성이옵니다, 폐하."

"안시성이라."

이세민은 방연의 말을 반복하며 나무 탁자 위에 화살을 올려두었다. 그리고 중앙에 넓게 펼쳐둔 소가죽 지도 위로 얼굴을 들이밀었다. 고구려 국경을 따라 지어진 천리장성 뒤에는 고구려 중심부로 들어가기 위해 거쳐야하는 성들이 있었다. 그러나 가장 어려울 것이라 예견했던 요동성을 함락시키고, 주필산 전투에서 대승을 거두면서 평양까지 가는 길을 방해할 성은 남아있지 않았다. 다만 가야할 길에 놓인 작은 성 하나가 있었는데, 그것이 바로 안시성이었다. 만약 안시성마저 함락시킨다면, 고구려 국경을 완전히 장악하고 평양으로 들어갈 문을 활짝 여는 것이나 다름없었다.

생각에 잠겨있는 이세민 앞으로 이적이 나섰다.

"폐하. 어쩌면 안시성은 피를 흘리지 않고 얻을 수 있을 것 같습니다."

이적의 말을 듣고 이세민이 고개를 들었다.

"어째서냐?"

대화를 듣고 있던 장손무기가 설명했다.

"안시성주 양만춘은 연개소문에게는 눈엣가시 같은 존재입니다. 그 자는 연개소문이 고구려의 전왕을 죽인 후 전국의 성주들을 불렀을 때 그 부름에 응하지 않았고, 이번 전투에 군대를 보내라는 명도 따르지 않았습니다."

고구려 입장에서 주필산 벌판은 국경을 지키기 위한 최후의 방어 지대였다. 그것을 잘 알기에 대막리지 연개소문도 평양에서부터 군사를 보내어 필사의 전투를 벌였던 것이다. 그런데 주필산에서 멀지 않은 안시성에서 군사를 보내지 않은 것은 확실히 성주가 연개소문을 따르지 않는다는 의미였다. 이세민의 눈빛이 깊어졌다. 예상보다 더 빠르게 고구려의 심장부로 들어갈 수 있을 거라는 직감이 들었다. 선명한 승리의 예감이었다.

"연개소문에 반기를 들고 있는 것인가?"

"그렇습니다. 폐하."

"그렇다면 손쉽게 얻을 수 있겠군. 고구려는 연개소문의 손아귀에 있으니 우리가 안시성을 공격해도 누구도 도우러 오지 않을 것이다. 또한 안시성은 다른 성에 비한다면 작은 성이니 시간을 오래 끌지 못할 것이다."

이도종이 몸을 기울이며 목소리를 보탰다.

"게다가 사로잡은 고구려 지도부의 자백에 의하면 양만춘과 저 신녀는 특별한 인연이 있다고 합니다."

"특별한 인연?"

"저 여인이 신녀가 되기 전에 혼인을 약속했던 사이라고 합니다."

"그래?"

이세민이 오른쪽 입꼬리를 끌어올리며 시미를 바라보았다. 시미는 울분과 두려움이 뒤섞인 얼굴로 이세민을 노려보았다. 입술을 질끈 깨문 시미의 몸이 거센 바람을 마주하는 것처럼 떨렸다.

이세민은 고개를 돌려 승리를 거둔 무장들을 바라보았다. 전투에 나가면 마치 춤을 추듯 칼을 휘두르고 허공에 피를 뿌리며 적들을 죽음으로 밀어 넣는 최고의 무장들이었다.

"우리는 고구려의 주력군을 무찌르고 그들이 섬기는 신녀와 신물까지 손에 넣었다. 이제 우리를 막을 건 아무것도 없다. 안시성을 치고 곧바로 평양성으로 간다!"

열의에 가득 찬 목소리로 이세민이 말했다.

"예! 폐하!"

당나라 무장들의 함성이 막사 안을 뒤흔들었다.

시미의 머릿속은 평화로운 안시성의 모습과 주필산 벌판에서 참혹하게 죽은 고구려군들의 모습이 마구 뒤섞였다. 빗소리가 거세지며 귓가를 파고들었다. 시미의 눈동자에 두려움이 번지면서 어지러운 미래가 보였다. 환영 속에 보이는 신의 예언은 흐릿하게 번지다가 심하게 일그러졌다. 시미가 얼굴을 일그러뜨리며 괴로운 신음을 흘렸다.

3. 안시성으로 들어가
양만춘을 죽여라

    요동 들판에 비가 쏟아졌다. 풀들이 물에 씻겨도 피 냄새는 사라지지 않았다. 온 지척이 허공을 향해 허망하게 입을 벌린 시신으로 가득했다. 먹구름이 가득한 하늘에 해가 저물고 있었다. 어둠이 번지는 벌판에는 노을보다 붉은 핏물이 흘렀다. 패잔병들의 처참한 몰골에는 죽음의 그림자가 번져있었다. 지척에서는 낮은 신음이 흘렀다. 한 걸음씩 발을 옮길 때마다 진흙탕이 된 땅이 발목을 잡아당기는 듯했다. 빗속에서 호흡을 몰아쉬는 군사들의 숨소리가 불규칙하게 울렸다. 쓰러진 동료의 옷으로 급하게 동여맨 상처에서 끊임없이 피가 새어나왔다. 걸음을 제대로 걷지 못하는 자들은 동료의 어깨에 기대어 창을 지팡이 삼아 죽음의 문턱을 필사적으로 벗어나고 있었다. 전투에서 패배했지만 생사의 전투는 계속되었다.

살아남은 학도들 무리와 함께 고구려 진영으로 돌아가는 태학 학도장 사물은 눌함을 등에 업고 있었다. 세차게 내리는 빗속을 걸어가면서도 귓가에 들리는 눌함의 가느다란 숨소리에 실낱같은 희망을 걸었다.

"다 왔다. 조금만 더 힘내라."

사물이 나지막이 말했다.

멀리 고구려군 주둔지가 모습을 드러냈다. 비를 뚫고 가까이 당도하자 주둔지 앞에 중무장을 하고 서 있는 장수들이 보였다. 장수들 가운데 선 사내는 온몸이 굳어버린 것처럼 미동도 없이 돌아오는 패잔병들을 바라보았다. 기골이 장대한 사내의 얼굴에는 어둠속에서도 단단한 눈빛이 보였다. 대막리지 연개소문이었다.

패잔병 무리에서 군사 하나가 앞으로 나아가 바닥에 무릎을 꿇고 머리를 조아렸다.

"십오 만 군사 중에 대부분은 전투 중에 죽고, 삼 만의 군사는 포로가 되었습니다. 살아 돌아온 군사는 채 만 명이 되지 않습니다."

침통한 목소리가 장대비와 함께 바닥으로 내리꽂혔다. 보고를 들은 연개소문은 온몸이 산산이 깨어져 나가는 착각이 일었다. 눈길이 닿는 곳마다 참혹한 부상을 당한 부하들이 보였다. 한눈에 보아도 얼마 남지 않은 병력이었다. 연개소문은 문득 낯익은 얼굴을 발견하고 다가갔다. 땅에 발을 딛을 때마다 흙탕물이 사방으로 튀었다.

"대막리지 합하……."

눌함을 업고 있던 사물이 고개를 깊이 숙였다. 숨이 엉키고 목이 메여 목소리가 제대로 나오지 않았다. 사물이 붉게 충혈된 눈으로 연개소문을 바라보았다. 쏟아지는 빗물이 얼굴을 타고 흘러내렸다.

"내려놓거라."

잠시 상태를 살피던 연개소문이 입을 열었다.

"괜찮습니다. 끝까지 제가 데리고 가겠습니다."

사물이 질끈 입술을 깨물며 대답했다.

연개소문은 사물의 등에 늘어져 있는 눌함을 응시했다. 눌함의 얼굴에는 미세한 떨림조차 없었고, 새파랗게 변한 입술에는 냉기가 감돌았다. 연개소문의 눈가에 경련이 일었다.

"이미 죽었다."

연개소문의 목소리가 사물의 내부를 관통했다. 사물은 다리에 힘이 풀려 바닥에 주저앉았다. 물이 가득 들어찬 댐이 한순간에 무너지는 것처럼 억눌렀던 감정이 터져 나왔다.

"살아나온 줄 알았는데……."

흐느끼기 시작한 사물이 어깨를 들썩거리며 허공에 울부짖었다. 애처로운 울음이었다. 연개소문이 몸을 낮추어 사물의 어깨 위에 손을 올렸다. 빗줄기가 굵어지며, 산 자와 죽은 자를 모두 적셨다.

패전 소식이 날아든 고구려 진영에는 적막감이 엄습했다. 희미한 불빛이 어른거리는 막사 안에 연개소문이 굳은 얼굴로 서 있었다. 눈길이 닿는 곳에는 삼족오 그림이 걸려있었다. 세 개의 발이 달린 까마귀 삼족오는 머리에 기다란 볏을 세우고, 두 날개를 활기차게 펼치고 있었다. 태양에 살고 있다는 이 새는 신들과 인간을 연결해주는 신성한 전달자이자 상서로운 길조로 여겨졌다. 연개소문은 금방이라도 그림을 벗어나 하늘로 날아오를 듯한 새를 응시했다. 생명과 힘, 균형…… 이 모든 것들은 어디로 사라졌는가. 연개소문은 깊은 숨을 토해내며 생각했다. 고구려의 운명을 걸고 주필산 벌판에서 주사위를 던졌다. 그러나 돌아온 군사는 고작 일 만. 태양신은 고구려의 운명을 외면하는 것인가. 연개소문은 시름에 잠겼다.

문득 막사 입구에 인기척이 들렸다.

"데려왔습니다."

부관이 말했다.

"들여라."

부관이 문을 열자 뒤따라온 사물이 막사 안으로 들어왔다. 연개소문의 눈길은 여전히 삼족오 그림에 머물러 있었다.

"사물, 네 고향은 안시성이었지?"

연개소문이 사물에게 물었다. 사물은 안시성을 듣자마자 짐작이 가는 바가 있었다. 잠시 주저하던 사물이 대답했다.

"그렇습니다. 합하."

"양만춘이란 자를 만난 적이 있느냐?"

"같은 안시성 사람이긴 하지만 제가 어렸을 때 그는 전장을 떠돌고 있었습니다. 그가 안시성으로 돌아왔을 때에는 제가 평양성으로 온 이후라 직접 만난 적은 없습니다."

사물은 머릿속에서 오랜 기억을 떠올렸다. 안시성에서 자란 사람이라면 양만춘에 대한 이야기를 들어보지 않은 자가 없었다. 이야기로 전해들은 그는 전장에서 승리를 거듭하는 영웅이자 존경받는 성주였다. 그러나 이제 안시성 성주는 주필산 전투에 군대를 보내라는 대막리지의 명을 거절한 반역자였다.

연개소문이 사물을 보며 물었다.

"그가 어떤 인물인지 알고 있겠지?"

"한때는 젊은 나이에 많은 전투에서 승리를 한 전장의 영웅이었습니다. 하지만 지금은……, 반역자로 불리고 있습니다."

"이번 전투에서 수많은 군사들이 비명 속에 죽어갔다. 그 속에 너희 나이 어린 태학 학도들도 있었다. 그런데 양만춘 그놈은 어디 있었느냐?"

태학 학도들을 떠올리는 순간, 사물의 미간이 일그러졌다. 허공에 흩뿌려진 핏줄기가 눈앞을 덮쳐오고, 칼날에 사지가 찢기는 비명이 귓가에 날아들었다. 피로 물든 생지옥에서 쓰러져간 태학 학도들의 얼굴이 머릿속을 스쳐지나갔다. 사물의 주먹이 부들부들 떨렸다.

연개소문이 물었다.

"양만춘은 내게 반기를 드는 것도 모자라 이번 전투에까지 모습을 드러내지 않았다. 너는 이를 어떻게 생각하느냐?"

"용서할 수 없는 일입니다."

사물이 울분을 억누르며 힘겹게 대답했다.

"사물! 너를 부른 것은 그 때문이다."

사물이 고개를 들어 연개소문을 바라보았다. 연개소문이 단호한 얼굴로 말을 이었다.

"안시성 출신임에도 불구하고 너를 태학생도의 수장으로 임

명한 것은 네가 양만춘과는 달리 나에게 충성한다는 걸 알기 때문이었다."

"그렇습니다. 합하."

"반역자 양만춘은 더 이상 놔둘 수 없다. 안시성으로 가라."

"그 말씀은?"

사물이 놀란 표정으로 확실한 의미를 물었다.

"안시성으로 들어가 양만춘을 죽여라!"

사물의 눈빛이 크게 흔들렸다. 주필산 전투에서 패배한 고구려가 실낱같은 희망을 찾는다면, 그것은 안시성에서 당나라 대군을 격파하는 것이었다. 안시성을 포기한다면 남은 곳은 고구려의 심장부인 평양성이기 때문이었다. 만약 평양성까지 당나라에 함락된다면 더 이상 고구려의 미래는 없었다.

연개소문이 사물의 대답을 기다렸다.

"하지만 지금 당군이 안시성으로 향하고 있다고 들었습니다. 성주를 죽이면……."

사물은 실낱같은 희망에 대해 조심스럽게 말했다.

"어차피 안시성으로 당군을 상대할 수는 없다. 그보다 더 큰 성들도 이세민을 당해내지 못했다. 안시성은 버린다."

연개소문이 날카롭게 말을 잘랐다.

사물은 연개소문의 시선을 마주했다. 연개소문은 남은 군사를 이끌고 평양성에서 마지막 전투를 준비하기로 결심한 것이 분명했다. 사물은 머릿속에 뒤엉킨 복잡한 생각들을 지워내며 마른침을 삼켰다.

"우리는 이제 평양성으로 간다. 나는 마지막 남은 군사들을 평양성에 모아 당군을 맞이할 것이다. 그것은 어쩌면 고구려의 운명을 결정지을 최후의 전투가 될지도 모른다. 사물, 너는 반역자 양만춘을 죽이고 평양성으로 합류하라."

대막리지 연개소문의 명이었다. 사물은 운명을 받아들이듯 깊이 고개를 숙였다.

연개소문이 몸을 돌려 삼족오 그림 아래 놓여있던 단검을 집어 들었다. 그리고 사물에게 건네며 물었다.

"할 수 있겠느냐?"

사물은 바닥에 무릎을 꿇고 두 손을 들어 칼을 받들었다.

"이 목숨을 버려서라도 반드시 임무를 완수하겠습니다."

결의에 찬 목소리였다. 단검을 바라보던 연개소문이 시선을 거두었다. 삼족오가 날갯짓을 하여 날아가는 곳에 고구려의 운명이 걸려있을 터였다. 빗소리로 가득한 밤이 깊어지고 있었다.

날이 밝자 일찍 준비를 마친 고구려군들이 주둔지를 떠나 이동을 시작했다. 말에 올라탄 연개소문이 선두로 나섰고 병사들이 그 뒤를 따랐다. 후미에는 부상병들이 서로를 부축하며 힘겹게 걸음을 옮겼다. 그들이 향하는 곳은 고구려의 심장부인 평양성이었다.

멀리서 고구려 군대를 바라보던 사물은 반대 방향으로 말머리를 돌렸다. 힘차게 말을 몰며 달리기 시작하자 말발굽이 땅을 박차고 지나간 자리에서 뿌연 흙먼지가 일었다. 사물은 홀로 안시성을 향해 달렸다. 생사의 전투는 계속 이어지고 있었다.

4. 요동성은 어떻게
함락 됐습니까?

말발굽 소리가 밤낮으로 이어졌다. 사물의 얼굴에는 어두운 기색이 가득했다. 양만춘을 죽이고 평양성으로 합류하라. 연개소문의 목소리가 반복될 때마다 마음이 무겁게 가라앉았다. 이유가 무엇이든 고구려 사람을 죽이는 일은 괴로운 일이었다. 적이라면 단칼에 베어낼 테지만 고구려 사람이라면 달랐다. 게다가 어린 시절을 나고 자랐던 안시성의 성주였다. 그러나 나라의 앞일을 생각한다면 연개소문의 명은 당연한 것이었다. 나라의 운명이 걸린 주필산 전투에 군사를 보내지 않은 것은 고구려에 대한 배반이었다. 요동 벌판에서 한민족이 생사를 넘나들며 전투를 치를 때 안시성 군사들은 성안에 숨어 고구려군을 외면하였다. 안시성이 고구려의 편이 아니라면 당나라의 편이 되어서도 안 되었다. 고구려를 잘 아는 사람이 당나라의 편에 서서 길을 터준다면 그보다 치명적인 일은 없을 것이었다.

사물은 괴로운 마음이 들 때마다 말안장을 세게 움켜쥐었다. 손아귀에서 나오는 힘이 말머리에 전해지자 말은 땅을 박차며 속도를 냈다. 사물의 움직임에 따라 연개소문이 내린 칼도 함께 허리에서 흔들렸다. 사물의 얼굴과 목덜미에 땀이 흥건했다.

요동 벌판에서 안시성으로 이어지는 길은 산세가 험준하였다. 좁은 산길과 돌이 구르는 가파른 오르막길을 넘고 나면 황량한 들판이 이어졌다. 사물은 해가 저물 때까지 쉬지 않고 달렸다. 말의 뒷발에 힘이 떨어지는 것이 느껴질 때서야 개울을 찾아 멈추고 땅에 내려 숨을 돌렸다.

말을 끌어 물을 먹이는 동안 사물은 서산에 걸려있는 해를 보았다. 커다란 저수지에 붉은 하늘이 비춰지며 반짝거렸다. 사물은 밤을 보낼 곳을 찾기 위해 언덕을 올라 풀이 우거진 관목림으로 들어갔다. 안쪽으로 나아가자 하늘까지 뻗은 나무들과 그 사이를 떠다니는 빛이 보였다. 빛들은 바람을 따라 흐르다가 물결치기도 하면서 숲의 허공을 채웠다. 반딧불이었다.

사물은 말을 묶은 후 나무 사이에 모닥불을 피웠다. 나무 끝에서 연기가 나자 불씨가 일었고, 작은 숨을 불어주자 몸집을 불렸다. 불빛이 커지면서 사물의 얼굴까지 열기가 전해졌다. 사물은 커다란 나무 기둥에 기대어 앉아 허리에 차고 있던 칼을 꺼내들었다. 손잡이를 쥐고 칼집을 잡아당기자 날카롭게 벼려진 단단한 칼날이 보였다. 사물의 눈에 어른거리는 불빛과 예리한 쇠의 빛이 섞여들었다. 칼날을 볼 때마다 사물은 연개소문의 목소리가 들렸다. 그 내용이 무엇이든 사물은 고구려를 지키라는 뜻으로 들었다. 칼을 내려다보는 사물의 얼굴에 결연한 표정이 배어드는 찰나였다. 멀리서 말 울음소리가 들렸다.

적막한 밤의 숲을 거칠게 울리는 소리였다. 일순간에 반딧불이가 빛을 감추었다. 뒤따라 붙은 당나라군일지도 모른다. 불빛을 발견하고 접근해온 것일까. 여러 생각이 스친 사물이 황급히 몸을 움직여 흙으로 불을 덮었다. 불꽃이 연기를 내며 사그라들었다. 사물이 나무 뒤에 몸을 숨기고 숨을 죽였다. 발걸음 소리가 점점 가까워지면서 말을 이끌고 걸어오는 두 사람의 검은 형체가 보였다.

"누구냐?"

두 사내가 나무 앞으로 다가오는 순간 칼날을 휘둘러 목을 겨누고 사물이 물었다. 갑작스러운 공격에 놀란 사람들이 뒷걸음질 치며 눈을 동그랗게 떴다. 다급하게 외치는 목소리가 거칠게 갈라졌다.

"칼을 거두시오! 같은 고구려 사람이오!"

사물이 칼을 쥔 손에서 힘을 빼지 않고 조심스럽게 시선을 옮겼다. 자세히 들여다보니 두 사내 모두 고구려 갑옷을 입고 있었다.

"어디서 왔습니까?"

사물이 조심스럽게 칼을 거두어들이며 물었다.

"요동성에서 왔습니다."

두 사내가 동시에 대답했다. 요동성이라. 사물은 그간 들어왔던 이야기를 떠올렸다. 당나라 황제 이세민이 대군을 이끌고 고구려에 쳐들어와 국경의 성들을 공격하였고, 개모성과 비사성, 요동성, 백암성이 함락되었다. 그 중에서도 요동성은 국경을 방어하는 가장 크고 강력한 성이었다. 요동성이 무너지면서 고구려는 주필산 벌판에서 필사적으로 전투를 치르게 되었다. 요동성에서 살아남은 자를 보기 어렵고, 남은 자들은 이미 포로로 잡혔을 텐데. 구사일생으로 요동성을 빠져나온 자들이 있었던가. 사물이 눈가에 힘을 주고 사내들을 살폈다. 행색이 초라하였고 오래 걸어 허기진 얼굴이었다.

사물은 불이 꺼진 자리로 돌아가 다시 불씨를 만들었다. 불꽃이 커지자 주변이 환해지며 무사들의 얼굴이 선명하게 보였다. 사물이 짐을 풀어 남은 육포를 꺼내어 건넸다. 무사들은 고개를 숙여 인사를 하자마자 손에 받아든 육포를 입 안으로 밀어 넣었다. 허겁지겁 음식을 삼키는 동안 사물이 모닥불 앞에 앉았다. 두 무사도 말을 묶어두고 자리에 앉아 숨을 골랐다.

"요동성은 어떻게 함락 됐습니까?"

사물이 물었다.

"당나라 놈들이 투석기로 돌을 쏘아대고, 불을 지르고 넘어왔죠."

사물과 가까이 있던 무사가 대답했다.

모닥불에 있던 나뭇가지가 부서지며 작은 불꽃들이 사방으로 튀었다. 잠시 침묵이 흘렀다.

"집이고 사람이고 가축이고 모두 타버려서 만 명이 넘는 사람들이 죽었습니다. 살 타는 냄새가 요동성에 가득해서 숨을 쉴 수가 없었죠."

옆에 있던 무사가 말을 보탰다. 순간 사물의 눈앞에 환영이 일었다. 화마가 덮친 요동성에서 백성들이 타죽어 가는 모습이었다. 사물이 눈가를 찡그리며 타들어가는 나무를 응시했다. 당나라와의 전쟁이 끝날 때까지 고구려인들은 참혹하게 죽어갈 것이었다.

"어디로 가는 길이오?"

무사가 사물을 향해 물었다.

"안시성입니다."

"안시성이라면 우리도 같이 갑시다."

"그곳에는 지금 당나라 대군이 몰려오고 있습니다."

사물이 만류하자 무사들이 결의에 차서 목소리를 높였다.

"살아서 도망친다고 해도 평생 비겁자로 낙인찍힐 거요. 안시성으로 가서 다시 싸우겠소. 돌아가신 성주님과 형제들의 복수를 하겠소!"

사물은 차마 대답하지 못했다. 주필산 전투에서 본 것은 지옥이었다. 광기에 사로잡힌 당나라 장수들의 모습이 기억에서 지워지지 않았다. 사물은 처음으로 발끝부터 머리까지 전율하는 두려움을 느꼈다. 사물이 입술을 질끈 깨물며 고개를 떨구었다. 심장 깊숙이 박힌 공포를 이겨내고 고구려를 지켜낼 힘이 남아있기를 간절히 바랐다. 멀리서 산짐승이 우는 소리가 들렸다. 풀잎이 바르르 몸을 떨었고, 달빛은 숲속에서 길을 잃었다.

　새벽이 밝아오자 물기를 머금은 잎에 물방울이 맺혔다. 사물이 기대어 잠든 나무 위에 앉아있던 새가 날갯짓을 하자 무게가 생긴 물방울이 후두둑 떨어졌다. 사물은 차가운 기운을 느끼며 잠에서 깨어났다. 눈을 떠보니 물안개가 짙은 새벽이었다. 간밤에 모닥불이 꺼진 탓에 한기가 느껴졌다. 숨을 들이마실 때마다 차가운 공기가 폐부를 찔렀다. 부산거리는 소리에 무사들도 깨어나 말을 챙겼다. 세 사람은 관목림을 벗어나 안시성을 향해 출발했다.

　정오를 지나자 멀리 봉분이 보였다. 돌을 쌓아 만든 봉분은 안시성에서 자란 사물에게 낯익은 것이었다.

　사물이 말을 멈추고 두 무사에게 말했다.

　"안시성의 돌무덤이요."

　돌무덤을 바라보며 주변을 돌아보던 한 무사가 사물에게 손짓하며 먼 곳을 가리켰다. 한 무리의 백성들이 커다란 수레에 짐을 싣고 이동하고 있었다. 수레에 쌓인 짐들은 사람이 직접 손으로 들고 걷기에는 어려운 크기였다. 수레 주위에는 백성들이 작은 보따리를 등에 지고, 손에 들고 걸어가고 있었다. 세간살이가 실리지 않은 것으로 보아 황급히 집을 나섰고, 무리를 지은 것으로 보아 살던 터전에서 쫓기듯 도망쳐 나온 모양이었다. 고구려 국경에 위치한 성들이 연달아 당나라군에게 함락되었으니 어디서든 살기 위해 도망을 나온 백성들일 것이었다. 백성들은 주린 배를 이끌고 오래 걸었는지 수척한 얼굴이었다.

"인근의 백성들이 안시성으로 피신하는 모양이오."

무사가 사물에게 말하자 사물이 고개를 끄덕였다.

"저 숲만 벗어나면 안시성이 나타날 겁니다."

말을 마친 사물이 숲으로 들어갔다. 무사들이 뒤를 따라 말을 몰았다. 안시성이 가까워질수록 사물의 심경은 복잡해졌다. 태학도가 되어 안시성을 떠나올 때만 해도 이런 일로 돌아올 것이라 짐작하지 못했기 때문이었다.

비좁은 숲길이 이어지자 세 사람은 속도를 낮추었다. 그때였다. 멀리서 소리치는 남자 목소리가 들렸다.

"어이! 이보시게!"

사물은 주변을 둘러보며 소리가 난 방향을 찾았다. 수풀이 우거져서 사람의 모습이 보이지 않았다.

"여기! 여기!"

보이지 않는 남자의 목소리는 분명 세 사람을 향하고 있었다. 사물이 말을 몰아 천천히 움직였다. 그러자 갓길에서 한 남자가 팔을 크게 휘두르는 모습이 보였다. 사물이 무슨 일로 불렀는지 물으려는 찰나 남자는 수풀 속으로 다시 모습을 감췄다. 사물과 무사들은 말에서 내려 남자가 사라진 자리로 걸어갔다. 수풀 아래로 고개를 내밀어 보니 수레가 진흙탕에 엉망으로 처박혀 있었다. 말처럼 몸집이 크고 머리가 당나귀와 비슷한 노새가 수레를 끌다 함께 뒹군 것처럼 주변을 맴돌고 있었다. 수레 근처에는 하얗게 머리가 샌 노파가 주저앉아 꾸벅꾸벅 졸고 있었다. 수레의 주인은 노파로 보였는데 정작 둔덕 아래서 고생을 하고 있는 사람은 건장한 두 남자였다.

"거 참! 보고만 있을 거요?"

수풀에서 손짓을 했던 남자가 짜증스러운 얼굴로 말했다. 세 사람이 어떨 결에 경사를 타고 내려갔다. 수레가 굴러 떨어지면서 진흙에 바퀴가 깊이 처박혀 있었다. 세 사람이 빈 공간을 찾아 수레를 붙들었다.

남자가 구령을 외쳤다.

"하나, 둘! 하나, 둘!"

소리에 맞추어 다섯 남자가 몸을 기울이자 수레가 들썩이기 시작했다. 두어 번 구령이 반복되자 힘이 실린 수레가 진흙을 벗어나며 앞으로 밀려나갔다. 무사들이 앞쪽으로 이동해 수풀이 있는 갓길로 수레를 완전히 끌어올렸다.

"하하, 이제야 됐네. 고맙소."

호탕하게 웃으며 남자가 사물을 마주보았다. 수레를 밀고 있던 뒷모습만 보이던 남자였다. 허리를 세우고 서니 키가 크고 풍체가 좋았다. 짧게 자란 수염이 거칠게 나있었고, 날렵한 눈매에 까만 눈동자가 단단하게 빛났다.

사물이 남자를 향해 물었다.

"안시성 사람입니까?"

남자는 대답 대신 미소를 지으며 사물 뒤에 서 있는 무사들의 말에 다가갔다. 그리고 문득 눈가에 힘을 주고 구석구석 살피기 시작했다. 이리저리 고개를 돌리며 천천히 뜯어보던 남자가 번뜩 고개를 들어 무사들을 바라보았다.

"외지 분들 같은데 이곳에는 어쩐 일이요?"

"우린 요동성에서 왔소."

말에 가까이 서 있던 무사가 입을 열었다. 그러자 옆에 있던 무사도 말을 보탰다.

"당나라 놈들이 안시성으로 몰려온다기에 같이 싸우고자 온 것이오."

대답을 들은 남자가 입을 벌리고 호탕하게 웃었다. 그리고 함께 있던 남자를 향해 목청을 높였다.

"와, 이거 고마운 말씀이네. 추수지! 이런 분들이랑 함께라면 안시성은 끄떡없겠다. 그치?"

남자의 익살스러운 말에 추수지는 대꾸가 없었다. 오히려 얼굴이 점차 굳어지며 미간에 힘이 들어갔다.

이상한 분위기를 감지한 사물이 정중하게 말했다.

"성주께 인사를 드리고 싶습니다. 우리를 안내해 주시겠습니까?"

"안내해줄 필요는 없지."

남자가 입꼬리를 올리며 사물의 시선을 마주했다. 사물이 영문을 모르는 표정으로 눈을 치켜떴다. 남자가 사물을 살피다가 말했다.

"내가 성주요."

사물이 놀라 눈을 크게 뜨고 멈칫했다. 옆에서 대화를 듣던 무사들도 숨을 들이마셨다. 남자가 다시 입을 열었다.

"내가 양만춘이오."

사물은 예상하지 못한 상황에 당황한 기색이 역력했다. 어릴 적부터 여러 소문을 들어왔지만 직접 안시성 성주를 만난 것은 처음이었다. 기골이 장대하고 얼굴에 맑은 빛이 돌며 강인한 기운이 흐르는 사내. 듣던 대로였다.

"왜 이렇게 긴장하시나? 성주가 앞에 있어서 그런 것인가. 아니면⋯⋯, 네 놈들이 첩자라서 그러느냐!"

양만춘이 돌연 기색을 바꾸며 고함을 쳤다. 사물이 말을 받으며 되물었다.

"첩자라니요?"

양만춘이 말을 향해 고갯짓을 했다.

"저 자들 말을 살펴봐라."

상황을 지켜보던 추수지가 말을 살폈다. 추수지는 거친 인상과는 달리 예리하고 날렵한 눈매를 가진 장수였다. 말을 훑어보던 추수지는 말안장에 얼굴을 들이밀고 코를 벌렁거리며 냄새를 맡기 시작했다. 말안장 냄새로 무엇을 알 수 있다고 저런단 말인가. 사물은 덩치가 곰처럼 커다란 사내가 고개를 내밀고 냄새를 맡는 모습을 쳐다보았다. 추수지는 말안장 안쪽으로 몸을 기울이다가 고개를 갸웃거렸다.

"성주. 이상한데요? 우리 고구려들의 군사들은 전쟁이 나면 항상 말안장 밑에 삶은 콩을 깔고 다니잖습니까? 먹을 게 없어지면 비상시에 그걸 먹으려구요. 그런데 여기에는 꾸릿한 콩 냄새조차 없는데요?"

말안장. 삶은 콩. 사물의 표정이 굳어졌다. 추수지의 말은 사실이었다. 왜 진작 그 생각을 하지 못했을까. 사물의 등이 서늘했다. 사물은 함께 온 무사들과 함께 첩자로 몰리고 있음을 직감했다. 이대로 가다가는 안시성 안으로 들어가기도 전에

이 자리에서 성주 양만춘에게 죽임을 당할 수도 있었다. 간밤의 이야기만 듣고 날이 밝았을 때 무사들의 정체를 자세히 확인해보지 않았던 것이 후회되었다. 사물은 무어라 자신을 변호하는 말을 보태고 싶었지만, 그것 또한 제 발 저린 도둑처럼 보일까봐 선뜻 말을 꺼낼 수 없었다.

무사들의 반응을 살피다 확신이 선 추수지가 인상을 구겼다.

"이세민이 고구려 말에 능통한 자들을 전장에 풀어 놓았다던데. 바로 이놈들이군요."

추수지의 말이 끝나기 무섭게 무사들이 칼을 휘둘렀다. 칼이 향하는 방향은 무사들과 가까이 서 있던 양만춘의 목이었다. 추수지가 날렵하게 칼을 뻗어 무사들의 칼끝을 밀어내었다. 그리고 발을 움직여 칼날 앞으로 몸을 쏟아 능숙하게 공격을 막아내었다. 어색하게 굳어있던 표정보다 칼을 쥐고 움직일 때 훨씬 편하고 대담한 얼굴이었다. 무사들은 추수지에 집중하여 공격을 해왔다. 추수지의 심장을 향해 두 개의 칼날이 동시에 날아들었다. 추수지는 뒷발에 중심을 딛고 물러났다가 반동을 이용해 가까운 무사의 칼날을 힘껏 밀어냈다. 쇠가 맞부딪치며 순식간에 방향을 바꾼 칼날이 뒤따르던 무사의 칼날에 닿았다. 반동에 밀려나간 칼이 요란한 소리를 내며 바닥에 떨어졌다. 그리고 추수지의 칼에 바로 맞닿아 있던 칼날은 주인의 몸을 뚫고 들어갔다. 제 칼에 몸이 찔린 무사가 피를 토하며 털썩 주저앉았다. 칼이 움직이는 방향을 쫓기 바쁘게 순식간에 일어난 일이었다. 칼을 놓친 무사가 새하얗게 질린 얼굴로 불리한 상황을 직감했고, 급히 몸을 돌려 반대편으로 도망을 쳤다. 그 모습을 바라보던 추수지가 말에 걸려있던 장창을 꺼내어 움켜쥐었다. 그리고 빠른 속도로 멀어지는 무사를 향해 창을 던졌다. 바람을 가르며 날아간 장창이 그대로 무사의 등을 꿰뚫었다. 그 자리에서 고꾸라진 무사는 단발마의 비명도 지르지 못했다.

"추수지! 한 놈은 생포했어야지!"

상황을 지켜보던 양만춘이 짜증스러운 말투로 말했다. 추수지가 어깨를 으쓱해 보였다.

"됐다, 됐어."

양만춘이 고개를 가로저었다.

"생포했습니다."

추수지는 사물을 가리키며 말했다. 사물이 화들짝 놀라 손을 내저었다.

"나는 첩자가 아니요. 나는 을불가의 장자 사물이요. 태학생도로 전투에 참여했다가 당나라군에 쫓겨 이리로 온 것이요."

"을불가? 성주. 을불가는 이미 대가 끊기지 않았나요?"

양만춘을 향한 추수지의 질문에 사물이 대답했다.

"아니오. 우리 가문을 아는 사람들이 있으니 불러다 물어보면 알 것이오."

추수지는 사물에게 다가가 몸을 수색하기 시작했다. 옷깃부터 신까지 하나도 놓치지 않으려는 눈빛이었다. 그 과정에서 사물이 차고 있던 칼을 끌러내고, 옷깃 안으로 깊숙이 넣어둔 단검을 찾아내었다. 단검은 고구려군들이 흔히 쓰는 무기가 아니었다. 게다가 태학생도가 단검을 쓴다는 이야기는 들어보지 못했다. 추수지가 의문스러운 표정으로 양만춘에게 걸어가 단검을 보였다.

"당군은 아닌 것 같지만 내키지 않습니다. 없애버릴까요?"

"일단 데리고 가자. 조사해 보면 알겠지."

단검을 바라보는 양만춘의 눈빛이 예사롭지 않았다.

"그러다 또 무슨 일 나면 책임 안집니다."

추수지가 목소리를 높였다.

"아직 애다. 성으로 가자!"

양만춘이 더 이상 듣기 싫다는 표정을 보이며 훌쩍 말에 올라탔다. 추수지는 체념한 얼굴로 줄을 풀어 사물의 몸을 묶기 시작했다. 사물은 어린 시절을 보낸 안시성으로 포박되어 돌아가게 된 것이 불쾌했다. 사물이 몸을 뒤척이며 화를 내려는데 별안간 눈앞으로 묵직한 충격이 전해졌다. 추수지가 순식간에 사물의 얼굴을 향해 주먹을 날린 것이었다. 무방비로 당한 사물이 몸을 휘청거리며 그 자리에 쓰러졌다.

5. 반역의 성으로
돌아온 이유가 무엇이냐?

양만춘과 추수지가 안시성 성문 앞에 도착했다. 그 뒤에는 두 손이 묶인 사물과 수레에 탄 노파 그리고 첩자들의 말들이 있었다. 정신이 깬 사물이 고개를 들어 안시성을 바라보았다. 안시성은 산등성이를 따라 성벽을 쌓아올린 성이었다. 앞쪽의 문루는 벌판을 수평으로 바라보고 있었으나 뒤로 이어질수록 지대가 높아졌다. 정면에서 바라보면 언덕 위에 성벽이 솟아 있어 성안이 마치 거대한 바구니에 담겨있는 것 같았다. 성문을 마주보면 직사각형 석재로 단단하게 쌓아올린 성벽이 위용을 과시했다. 안시성 성벽은 다른 성들과 달리 직선으로 뻗은 것이 아니라 가운데 백 미터 정도의 벽이 안쪽으로 들어가 있어 손아귀를 벌린 듯한 모양새였다. 성벽 위에는 낮게 세운 담장처럼 보이는 여장과 적을 향해 활을 쏘는 자리인 활대가 설치되어 있었고, 성문 바로 위에는 성벽을 넓은 시야로 살펴볼 수 있는 문루가 있었다. 문루에서 경계를 서고 있던 수문장이 양만춘과 일행들을 발견하고 외쳤다.

"성주님이시다!"

수문장이 신호를 보내자 웅장한 소리를 내며 성문이 열렸다. 긴 터널처럼 이어진 통로를 향해 양만춘이 나아갔다.

사물은 터널 끝에서 쏟아지는 빛을 바라보며 마른침을 삼켰다. 사물의 머릿속에서 안시성은 낡고 오래된 기억이었다. 돌을 쌓아 만든 무덤과 성 뒤로 흐르던 넓은 강, 그리고 드넓은 벌판에 자란 억새풀 따위만이 선명했다. 통로를 지나 성안으로 들어선 사물은 눈을 동그랗게 뜨고 주위를 둘러보았다. 성벽 아래에는 수많은 병사들이 갑옷을 정비하거나 휴식을 취하고 있었다. 한쪽에는 적의 공격을 방어하기 위한 목재와 낭아박, 그리고 야차뢰 같은 무기들이 보였고, 벽면에는 활과 노가 잔뜩 놓여있었다. 성벽을 향하는 계단에는 안시성 군사들이 커다란 가마솥을 옮기고 있었다. 크기를 보아 성벽에 오르는 적들에게 퍼부을 기름을 끓이려고 만든 가마솥 같았다. 공격을 대비하고 있는 사람은 군사들뿐이 아니었다. 여인들과 아이들도 걸음을 재촉하며 분주하게 무기를 날랐다. 말의 상태를 확인하는 기마병 옆에는 장창을 든 노인들이 구슬땀을 흘리며 훈련에 몰두했고, 여인들은 칼날을 날카롭게 벼리고 있었다.

성주의 일행을 발견한 성민들이 고개를 들었다. 성민들의 시선은 낯선 사내인 사물에게 쏟아졌다. 여인들이 수군거리며 이야기를 나누었고, 아이들은 한걸음에 달려와 구경을 했다. 몰려든 아이들 속에는 안시성에서 나고 자란 마로와 다우 형제도 섞여 있었다. 키가 훌쩍 자라면서 제법 성숙해진 마로가 양만춘 옆으로 다가와 말했다.

"성주! 제 동생 다우가 오늘 말 타는 데 성공했습니다!"

신이 난 마로가 펄쩍 뛰어오르며 말했다.

"이야! 벌써? 우리 다우가 조금 더 자라면 기마대에 들어가겠구나."

"정말요? 저도 기마대에 들어갈 수 있어요?"

다우가 끼어들어 물었다.

"그럼. 열심히만 해라. 내 기마대장한테 얘기해서 한 자리떡 마련해 줄 테니."

양만춘이 온화한 미소를 지으며 대답했다. 그러자 마로와 다우 형제가 시선을 마주치며 환하게 웃었다.

그때였다. 북적거리는 성민들 사이에서 중년의 사내가 황급히 걸어 나왔다. 굳은 얼굴로 곧장 수레를 향하는 사내는 우대였다. 우대가 수레에 앉아 자신을 바라보며 웃고 있는 노파의 손을 덥석 잡았다.

"어머니, 맨날 수레를 끌고 어디를 그렇게 가신대요? 사방을 찾아 헤맸잖아요!"

노파는 우대의 말에 대답 없이 미소만 지었다. 우대는 자신의 말길을 알아듣지 못하는 어머니를 걱정스러운 얼굴로 바라보았다.

수레를 이끌고 돌아온 양만춘이 우대를 향해 말했다.

"다행히 시찰 중에 우리가 발견했다. 사고는 없었으니 안심해라."

"감사합니다, 성주."

우대가 고개를 숙였다. 양만춘은 수레에 탄 노파를 우대와 함께 돌려보내고, 사물을 바라보았다. 입가에 힘을 주고 잠시 생각하다가 군사에게 말했다.

"이 자는 감옥에 가둬라. 나중에 내가 직접 심문하겠다."

명을 받은 군사가 사물을 끌고 감옥으로 향했다.

양만춘은 추수지와 함께 집무실로 향했다. 관아 대청 안으로 발을 딛자마자 군사 하나가 다급하게 달려왔다.

"성주! 성주!"

양만춘이 고개를 돌려 보니 군사 막덕이 거친 숨을 몰아쉬고 있었다.

"급히 배식장으로 가보셔야 할 것 같습니다."

시찰에서 돌아와 이제 막 자리에 앉으려던 양만춘이 짜증스러운 얼굴로 물었다.

"뭐냐?"

"그게, 부월수장님과 환도수장님이……."

"또 붙은 거냐?"

양만춘이 단칼에 말을 자르며 화를 냈다. 추수지는 익숙하다는 표정이었다. 양만춘이 깊은 한숨을 내쉬며 다시 발걸음을 돌렸다. 막덕은 야외 배식장으로 길을 안내했다.

와장창. 배식장 멀리서도 물건들이 깨지는 소리가 들렸다. 가까이 다가서자 배식장은 이미 난장판이 따로 없었다. 덩치가 커다란 사내가 힘에 떠밀려 그대로 공중으로 날아갔고, 배식대에 떨어지면서 그 위에 쌓여있던 물건들을 박살내고 있었다. 상대편 남자는 그 틈을 놓치지 않고 눈앞에 보이는 탁자를 들어 쓰러진 사내에게 힘껏 내던졌다. 사내가 본능적으로 손을 들어 얼굴을 막자 탁자가 팔에 맞고 튀어나가 바닥에 뒹굴었다. 사내가 왼손으로 던진 식기들이 반대로 날아가 서 있는 남자의 이마를 명중했다. 둔탁한 소리와 함께 남자의 얼굴을 맞춘 식기가 바닥으로 떨어지면서 산산조각이 났다.

싸우고 있는 사람은 두 사람뿐만이 아니었다. 온몸에 열이 치미는지 웃통을 벗어 던진 군사들이 상대편 남자의 부하들과 맞붙어 정신없이 주먹질을 해대고 있었다. 엉망으로 뒤엉킨 사내들은 부월수 군사들과 환도수 군사들이었다. 만약 무기를 쥐고 서로의 목을 노리고 싸웠다면 마지막 한 사람이 남을 때까지 허공에 피를 뿌렸을 터였다. 그러나 이상한 점은 이를 악물로 서로를 죽일 듯이 싸우는 사내들을 바라보는 여인들의 표정이었다. 배식장 한쪽에서 밥을 짓고 있는 여인들은 지겹다는 얼굴로 바쁘게 손을 놀리고 있었다. 식기들이 허공에 날아다니는 데도 아랑곳하지 않고 바지런히 움직이며 쌀을 씻었고, 길러온 물로 음식 재료들을 손질했다. 성민들은 혀를 차며 구경했고, 아이들은 각자 편을 골라 신나게 응원까지 하고 있었다.

웬만한 사내 둘을 합친 것 같은 체격의 사내가 환도수 군사들을 보이는 대로 들어 올려 내동댕이쳤다. 부월수장 활보였다. 활보는 바닥에 나뒹굴며 신음을 내는 군사들을 비웃으며 말했다.

"칼만 휘둘러대는 놈들이라 그런지 몸뚱이가 획획 날아가는구만!"

부월수장 활보의 말이 끝나기 무섭게 한 남자가 활보의 머리를 겨냥해 뛰어올랐다. 활보가 눈치를 채고 방어하려는 찰나 남자는 날렵하게 몸을 비틀어 팔꿈치로 활보의 머리를 찍었다. 충격에 몸이 굳어진 활보가 머리가 쪼개지는 것 같은 고통에 미간을 일그러뜨렸다.

활보 앞에선 남자가 팔꿈치를 어루만지며 비아냥거렸다.

"머리가 돌이라 그런지 오히려 팔꿈치가 아프네."

"이놈의 새끼가!"

잔뜩 약이 오른 활보가 비아냥대는 환도수장 풍을 향해 욕지거리를 했다. 그리고는 묵직한 힘으로 밀어붙이며 몸을 날렸다. 활보의 팔이 붕붕 허공을 휘저었다. 하지만 민첩하게 요리 조리 피하는 풍을 맞출 수는 없었다.

양만춘은 야외 배식장이 한눈에 내려다보이는 낮은 둔덕 위에 도착했다. 둔덕 아래로 배식장을 내려다보자 바닥에 뒤 엉킨 채 먼지를 뒤집어쓴 사내들이 보였다. 엉망이 된 식기와 탁자를 발견하자 한숨이 절로 나왔다.

양만춘이 짜증스러운 얼굴로 추수지에게 물었다.

"보고만 있을 거냐?"

추수지는 허공에 날아다니는 식기와 탁자 위로 떨어지는 사내들, 우지끈 부서지며 형태를 알아볼 수 없게 된 기물들을 찬찬히 살펴보더니 무미건조한 어투로 말했다.

"다들 흥분한 상태라 지금은 누구의 말도 귀에 들어오지 않을 겁니다."

양만춘은 불편한 기색이 없는 추수지를 보니 기가 찼다. 해 결할 의지가 전혀 없는 얼굴이었다. 상황을 보아서는 배식장 이 초토화 될 때까지 싸움을 멈추지 않을 기세였다. 양만춘이 주변을 살피다가 둔덕 옆에 놓인 빈 수레를 발견했다. 한숨만 푹푹 내쉬던 양만춘이 성큼성큼 걸어가 수레를 냅다 걷어찼 다. 둔덕의 내리막길로 밀려난 수레가 우당탕탕 요란한 소리를 내며 굴러갔다. 갑자기 커다란 소음이 들리자 놀란 사내들이 일제히 고개를 들고 두리번거렸다. 울퉁불퉁한 내리막길을 거칠게 타고 내려온 수레가 바닥에 처박혀 뿌연 흙먼지를 일으켰다. 사내들이 수레를 민 사람을 찾으려고 둔덕 위를 올려다보았다. 순간 미간을 잔뜩 구기고 사내들을 노려보는 양만춘이 보였다. 놀란 사내들이 서로를 붙잡고 있었던 손을 민망스럽게 떼어내고 자리에서 일어나 고개를 숙였다. 적막이 흐르는 배식장은 이미 엉망으로 어질러진 후였다.

"이번에는 또 무엇 때문에 다툰 것이냐."

양만춘이 부월수장 활보와 환도수장 풍을 불러 다그쳐 물었다.

"활보와 부월수들이 정해진 배식 시간을 어기고 먼저 취식을 하였습니다. 이에 이의를 제기하자마자 싸움을 걸어왔습니다!"

풍이 억울하다는 듯이 목청을 높였다. 그러자 이야기를 들은 활보가 풍을 쏘아붙였다.

"석돌을 나르는 일정이 빠듯하여, 먼저 좀 먹었기로서니! 그게 그렇게 배알이 꼴렸냐?"

"먼저 먹었다고 이러냐? 니들이 먹기 시작하면 다음 군사들 먹을 것까지 싹 다 처먹어버리니까 그런 거지! 돼지새끼들처럼!"

"돼지새끼? 이놈이! 진짜 죽고 싶냐!"

풍과 활보는 서로를 고자질하는 어린아이 같았다. 서로 잘못이라며 손가락질을 하고, 한 번의 진지한 고민도 없이 힘을 쓰고 열을 내기에 바빴다. 군사들을 이끄는 수장들이 어째서 이 모양인가. 상황을 지켜보던 양만춘은 짜증이 치밀었다. 싸우는 일은 한 두 번이 아니었다. 싸움이 벌어지는 곳은 기물들이 박살나고 주변은 늘 난장판이 벌어졌다.

"그만해라!"

고함소리가 배식장을 울렸다. 싸움을 구경하던 성민들은 무거운 분위기를 눈치 채고 슬그머니 돌아갔다. 풍과 활보는 화를 억누르며 고개를 숙였다. 불편한 공기가 주위를 휘감았다.

양만춘이 풍을 향해 소리쳤다.

"풍. 앞으로는 화가 날 때마다 열까지 세라."

"예?"

풍이 영문을 모르는 얼굴로 반문하자 양만춘이 인상을 구기며 반복했다.

"열까지 세라고!"

"예."

풍이 다시 고개를 숙였다. 양만춘이 이번에는 활보를 향해 말했다.

"활보 너는 풍 근처에서 무조건 오 보 이상 떨어져 있어라. 오 보다. 알겠냐?"

"예."

"여인들에게 다시 밥을 짓게 하고 식사 못한 환도수에게 배식해라. 부월수들은 나머지 성곽 보수를 마무리하고."

아직 열을 가라앉히지 못한 군사들은 그저 멀뚱히 서 있었다. 군사들의 굼뜬 동작이 마음에 들지 않은 양만춘이 소리쳤다.

"무엇들 하느냐! 어서 움직이지 않고!"

정신이 번쩍 든 군사들이 일사분란하게 움직였다. 부월수들이 성곽 방향으로 우르르 쏟아져 나갔다. 그리고 엉망이 된 배식장에 남은 환도수들이 탁자와 식기들을 제자리에 돌려놓기 시작했다. 양만춘이 혀를 차며 자리를 떠났다.

그날 저녁, 사물은 감옥에 난 작은 창으로 해가 저물고 어둑해진 하늘을 보았다. 대막리지 연개소문의 명을 받아 안시성까지 달려왔는데 오자마자 감옥에 있으려니 마음이 다급하고 불안했다. 이대로 오늘 밤만 넘기면 나갈 수 있을지, 아니면 몇날 며칠 시간을 허비하게 될 것인지 알 수가 없었다. 여러 가지 상황을 떠올리며 고심하던 찰나 군사 하나가 창살 너머로 다가왔다. 군사는 사물의 얼굴을 확인하더니 허리춤에서 열쇠를 꺼내어 감옥 문을 열었다.

"나와라."

사물은 어리둥절한 얼굴로 군사를 따라 밖으로 나왔다. 군사가 사물을 데리고 간 곳은 관아였다. 입구에서 경계를 서고 있던 보초들이 관아로 들어가는 사물을 주시했다. 사물이 대청을 지나 건물 안으로 들어가자 집무실 안쪽에 앉아있는 추수지가 보였다. 추수지는 사물과 눈이 마주치자 고갯짓을 하며 안으로 들어가라는 표시를 했다. 사물이 가장 안쪽에 있는 미닫이 문 앞에 서자 보초가 문을 열었다.

집무실 안은 타오르는 횃불 주위로 주홍빛이 일렁이고 있었다. 양만춘은 검고 단단한 화살촉을 집어 숫돌에 갈았다. 돌과 쇠가 부딪치는 소리가 일정한 간격으로 울렸다. 나무가 타들어가는 소리와 쇠가 갈리는 소리가 사물의 귀에 익숙했다. 양만춘은 물끄러미 바라보는 사물의 시선에도 아랑곳하지 않고 하던 일을 계속했다. 화살촉을 날카롭게 비벼 다듬은 다음 흰 깃털이 솟아있는 화살대에 꽂았다. 그리고 연결지점을 줄로 묶어 단단하게 고정시켰다. 줄을 바짝 잡아당겨 둥글게 돌리는 양만춘의 손에 힘이 들어갔다. 사물은 가까이 다가가 양만춘 앞에 놓인 의자에 앉았다.

"태학에서 수련중이라고?"

"그렇습니다."

"그곳은 연개소문이 애정을 쏟고 있는 곳이라 들었다. 견딜
만하더냐?"

양만춘이 화살에서 눈을 떼지 않은 채 물었다. 잠시 머뭇거
리던 사물이 반문했다.

"무슨 말씀이신지."

그제야 고개를 돌린 양만춘이 사물을 물끄러미 바라보았다.

"안시성 출신이라는 이유만으로 차별을 받았는지 묻는 것
이다."

높낮이가 없는 어조였다. 이번에는 주저하지 않고 사물이
대답했다.

"왜 차별을 받을 것이라 생각하십니까."

양만춘은 화살을 매만지던 동작을 멈추고 사물을 보았다.
양만춘의 얼굴에는 속내를 알 수 없는 의미심장한 표정이 섞
여있었다. 잠시 생각에 잠기던 양만춘이 단단하게 만든 화살
을 활에 먹여 사물을 향해 겨누었다. 화살이 충분히 날아가기
어려울 만큼 근접한 거리였다. 팽팽한 활시위가 양만춘의 손
을 벗어난다면 한 치의 오차도 없이 사물의 심장을 꿰뚫을 것
이었다. 양만춘의 눈빛에 살기가 돌았다. 갑자기 기색을 바꾸

는 사내라니. 사물은 단단한 화살촉과 칼날 같은 눈빛에 목덜미가 서늘했다. 양만춘과 사물 사이의 공기가 당겨진 활시위처럼 팽팽하게 달아올랐다.

"연개소문 일당은 나를 반역자라 부르며 치를 떤다. 그런데 앞날이 창창한 태학도가 연개소문을 따라 평양성으로 가지 않고, 굳이 이 반역의 성으로 돌아온 이유가 무엇이냐."

날카로운 질문이 날아들었다. 사물은 이 물음에 대한 답이 거짓이거나 성주의 마음에 들지 않으면 화살이 날아들 것이라 직감했다.

"당군에 패해 쫓기다 보니 이쪽으로 오긴 했지만, 제가 좋든 싫든 저는 안시성 사람입니다. 당군이 안시성으로 몰려오는 것을 뻔히 알면서도 못 본 체 할 수는 없었습니다."

양만춘의 눈가에 힘이 들어갔다. 사물은 화살이 아직 날아오지 않았는데도 얼굴이 뚫리는 것 같은 아찔한 착각이 일었다. 양만춘의 눈길이 속을 훑어 내리며 진위를 파악하려 하는 듯하였다.

사물이 양만춘의 시선을 마주 보며 말했다.

"저도 안시성과 운명을 함께하고 싶습니다."

사물은 자신의 대답이 진실처럼 느껴졌다. 비록 연개소문의 명은 달랐지만, 마음 깊은 곳에는 어릴 시절을 지낸 안시성이 요동성처럼 당나라 대군에 함락되지 않기를 바랐다. 사물은 자신의 마음을 자신이 알 수 없어 혼란스러웠다. 아니, 양만춘 이라는 사내 앞에 서자 자신도 모르는 자신의 마음을 꺼내게 되는 것 같았다.

양만춘이 의심스러운 눈물로 눈썹을 꿈틀거렸다.

"운명을 함께한다? 어떻게 되든지 말이냐?"

사물이 고개를 끄덕이며 대답했다.

"그렇습니다."

사물의 온몸이 땀으로 흥건하게 젖었다. 화살을 당기고 있는 사내는 수레를 밀어올리고 호탕하게 웃던 사내가 아니었다. 사물은 안시성 성주 양만춘이 진정으로 어떤 사내인지 알 수 없었다. 그러나 분명한 것은 눈을 마주할 때마다 느껴지는 위압감이었다. 양만춘에게는 온몸의 피가 수런거리고 숨이 막히는 듯한 기운이 뿜어져 나왔다. 사물은 생각했다. 만약 이자가 고구려 편이라면 모르겠으나 적이라면 무슨 일이 있어도 죽여야 한다고.

그 순간 미닫이문이 열리고 머리가 하얗게 샌 사내가 집무실 안으로 들어왔다. 사내는 사물을 보자마자 화색이 도는 얼굴로 웃었다.

"사물아!"

"소벌도리님."

"사물아! 네가 돌아왔어. 네가 돌아왔어!"

눈빛이 맑아진 소벌도리가 감격한 듯이 두 팔을 벌려 사물을 끌어 앉았다. 양만춘은 그제서야 팔에 힘을 풀고 활을 아래로 내렸다. 한평생 안시성에서 살아온 소벌도리가 사물을 아는 것을 보아 안시성 출신이라는 말이 거짓은 아닌 모양이었다. 양만춘은 반가운 기색으로 소회를 나누는 둘을 위해 술과 고기를 가져오도록 하였다.

밤이 깊어지자 소식을 듣고 모여든 안시성 무장들과 무관들로 집무실이 북적거렸다. 무장들은 익숙한 자세로 앉아 기둥에 등을 기대고 술을 들이마셨다. 소벌도리와 사물 앞에는 이제 막 솥에서 꺼내온 따끈한 고기가 푸짐하게 놓였다.

소벌도리가 불콰한 얼굴로 일어나 무관들에게 사물을 소개했다.

"이 아이는 을불 가문의 유일한 적자인 사물이다."

"을불이라면, 신라 매소성과 백제 관산성에서 이름을 떨친 그 가문이 아닙니까?"

환도수장 풍이 놀라 눈을 동그랗게 떴다.

"그렇다. 그 공로를 나라에서 인정하여 어릴 적 태학에 입학하였고, 지금 돌아온 것이지. 을불가는 우리 가문과는 가족과 다름이 없었는데 함께 전장에 나가서 싸우다 모두 죽고 이제 이 아이와 나만 남았다."

소벌도리의 이야기를 들은 양만춘이 사물을 향해 말했다. 한결 부드러워진 얼굴이었다.

"여기 모두가 나와 한 몸과 같은 사람들이다. 저기는 부관인 추수지. 이미 안면이 있을 테지?"

추수지가 사물을 흘깃거리며 고개를 까딱거렸다.

"추수지. 뭐하는 것이냐? 제대로 인사하지 않고."

양만춘이 못마땅한 얼굴로 꾸짖자 추수지가 볼멘소리를 했다.

"아직 애라면서요."

"그래도 태학 생도다. 언젠가 너희를 이끌게 될 거야."

"추수지입니다. 아까는 결례가 많았습니다."

추수지가 마지못해 인사했다. 그러나 여전히 불편한 기색을 숨기지 않은 얼굴이었다. 사물이 가볍게 목례하여 인사를 받았다. 이를 지켜보던 풍이 인사를 보탰다.

"환도수를 맡고 있는 풍입니다."

활보는 자신의 도끼로 앞에 놓인 커다란 고기 한 점을 들어 푹 찢어냈다. 그리고 쾌활하게 웃으며 사물에게 자신을 소개했다.

"난 도끼부대 활보요. 누구든 내 손에 걸리면 안 쪼개지는 놈이 없소이다."

고기의 기름이 묻은 도끼날이 번들거렸다. 굵고 거친 목소리가 인상과 어울리는 장수였다.

"걸리면 먹을 것도 남아나지 않지."

옆에 있던 풍이 찬물을 끼얹는 말투로 이죽거렸다. 호탕하게 웃던 활보가 급히 인상을 구기고 풍을 쏘아보았다.

"뭐야? 이놈이!"

또 시작이었다. 양만춘이 경고하듯 고함을 쳤다.

"풍!"

풍은 배식장에서 열을 세라고 했던 말을 떠올리고, 숫자를 세기 시작했다.

"하나, 둘, 셋……."

그런 풍을 보며 활보가 비아냥거렸다. 그러자 양만춘이 이번에는 활보를 향해 소리쳤다.

"활보! 분명 오 보 이상 떨어지라 명을 하였을 텐데?"

활보는 금세 웃음기를 거두고 뒤로 큰 걸음을 걸었다. 몇 발을 걷자 활보와 풍의 거리가 오 보 이상으로 벌어졌다.

양만춘이 사물을 향해 불쑥 물었다.

"사물. 안시성과 운명을 함께하겠다고 했지?"

"그렇습니다."

"그렇다면 대장기를 들고 내 옆에 서라."

양만춘의 말에 무장들의 시선이 사물에게 모였다. 사물이 반문했다.

"대장기를 말입니까?"

대장기를 드는 일은 성주와 함께 목숨 바쳐 싸울 준비가 된 장수들이 하는 역할이었다. 아무리 사물이 안시성 출신이라고는 하나 수년간 안시성을 떠나 있었기에 이방이나 다름없었다. 게다가 조금 전까지는 당나라 첩자로 의심받아 감옥에 갇혀있던 신세였다.

추수지가 불안한 기색을 보이며 제지했다.

"성주."

양만춘은 계속 말을 이어나갔다.

"너도 안시성민이니 우리와 함께 싸우는 거다. 대장기를 들어 성 어디에든 내가 싸우고 있다는 걸 알 수 있도록 해라."

이야기를 듣고 있던 소벌도리의 얼굴에 화색이 돌았다.

"사물아, 가문의 영광이다. 어서 감사의 인사를 드려라."

사물이 놀라 깊이 고개를 숙였다.

"감사합니다, 성주."

대장기를 든다는 것은 전투에서 성주의 곁을 한시도 떠나지 않는다는 의미였다. 성주와 함께 생사를 함께하며 싸우는 자리였던 것이다. 하지만 사물에게는 성주가 전투에 몰입한 틈을 타 적의 칼날 속에 제 칼을 섞어 목을 베어버릴 수 있는 기회가 생긴다는 뜻이기도 했다. 사물은 화살을 겨누던 양만춘이 갑작스럽게 왜 이런 결정을 했는지 속내를 짐작하기 어려웠다. 고개를 숙인 사물의 표정에는 당황한 기색이 역력했다. 숨을 내쉬며 애써 감정을 추스른 사물이 고개를 들어 양만춘을 바라보았다. 추수지는 술을 한 모금도 들이키지 않은 채 사물을 경계했다. 의심과 불안을 숨기지 않는 불쾌한 시선이었다.

밤이 깊어지자 집무실에 모여 있던 무관들이 돌아갔다. 사물은 임시로 마련해준 처소에 들어가 털썩 주저앉았다. 숨을 크게 내쉬자 목덜미를 조이던 긴장이 풀리는 듯하였다. 지켜보는 이가 아무도 없다는 것을 확인한 사물이 품속에서 단검을 꺼냈다. 단검을 바라보면 연개소문의 명이 귓가에 생생하게 들려왔다.

사물은 만약 안시성에 도착한다면 정체를 숨기고 성주에게 접근해야 일이 수월할 것이라 생각했다. 그러나 우연히 만나 함께 수레를 끌어올리고, 성으로 들어와 제 정체를 드러내어 대장기를 들고 성주 옆에 서게 되었다. 전혀 예상하지 못한 일이었다. 사물은 일이 잘 풀리는 것인지, 상황이 어려워진 것인지 도무지 알 수가 없어 고개를 갸웃거렸다. 칼집에서 단검을 잡아당겨 날렵하게 벼린 칼날을 응시했다. 이 칼을 적시는 것은 누구의 피가 될 것인가. 기회를 제대로 잡지 못하거나 살해에 실패할 경우 단검은 사물 자신의 피로 물들지도 몰랐다. 아니, 그 편이 훨씬 더 가능성이 높았다. 만나기만 하면 어린아이들처럼 싸워대지만 풍과 활보는 한눈에 보아도 힘이 넘치고 무예가 특출한 무장들이었다. 게다가 추수지는 무미건조한 표정과 달리 감각이 예리했고, 특히 사물에 대한 긴장을 한시도 풀지 않았다. 여러 가지 상황을 가정해 봐도 어느 하나 쉬운 길이 없었다. 안시성 성주를 죽이는 일을 성공한다고 해도 살아서 평양성으로 돌아갈 가능성이 거의 없었다.

사물은 생각하면 생각할수록 쓸쓸한 미소가 번졌다. 깊은 숨을 내쉬며 칼을 집어넣으려는 찰나, 처소 근처를 지나는 기척이 들렸다. 재빨리 고개를 들어 창밖을 내다보니 양만춘이 보자기 하나를 들고 홀로 관청을 나오고 있었다. 순간 사물의 눈빛이 번뜩였다. 좋은 기회가 빨리 온 것일지 모른다. 처소를 나온 사물이 민첩하게 발걸음을 옮기며 양만춘의 뒤를 밟았다.

양만춘은 성내 촌락으로 이어지는 길을 따라 걸었다. 사물은 담벼락 뒤에 머물면서 적정한 거리를 유지했다. 단검을 쥔 손에 힘이 들어가고, 긴장한 근육이 단단하게 굳어졌다. 양만춘은 사물의 기척을 느끼지 못했는지 여유로운 발걸음이었다. 촌락이 밀집한 골목을 지나 외곽에 다다르자 갈대와 짚들을 한데 엮어 지붕으로 덮은 집들이 나타났다. 비좁은 간격으로 다닥다닥 붙어있는 움집들이었다. 사물은 거리를 좁히며 숨을 죽였다. 밤이 깊어 집마다 희미한 기척도 들리지 않았다. 한걸음이라도 허투루 걸으면 흙을 차는 소리가 허공을 울릴 듯한 정적이었다. 복잡한 움집들을 골라 깊은 밤에 회동을 하는 것일까. 그곳에 모여드는 군사들은 몇이나 되는 걸까. 수적으로 열세라면 돌아가는 길에 양만춘을 공격할 수 있을까. 사물의 머릿속은 복잡한 생각으로 뒤엉켰다. 연개소문의 명을 완수하고 평양성으로 합류한다면 이보다 성공적인 거사는 없을 것이었다. 사물은 생각만으로 단검을 쥔 손부터 어깨까지 바짝 힘이 들어갔다. 양만춘을 제거한다면 단 한 번의 일격이어야 한다. 한 치의 망설임도 없어야 한다. 굳게 다문 사물의 입가에 힘이 들어갔다.

양만춘이 멈춰 선 곳은 유일하게 흐릿한 불빛이 새어나오는 집이었다. 움집을 둘러 세워진 나무판자 사이로 일렁이는 빛이 보였다. 양만춘이 들어가는 것을 확인한 사물이 조심스럽게 다가갔다. 몸을 기울여 안에서 들려오는 소리에 신경을 곤두세웠다. 거친 사내들의 목소리가 들릴 것이라는 예상과 달리 여인의 목소리가 들렸다. 사물은 귀를 바짝 세웠다. 여인이라니. 예상하지 못한 일이었다. 천천히 고개를 움직여 안을 들여다보았다. 방 가운데 작은 촛불을 두고 모여 있는 사람들은 젊은 부부와 여인의 팔에 안겨있는 갓난아이였다. 얼굴이 붉고 눈을 감고 입을 조물거리는 모습을 보아 태어난 지 얼마 되지 않은 것이 분명했다. 양만춘은 환한 얼굴로 아기와 눈을 맞추며 즐거워했다. 양만춘 앞에서 예를 갖추고 앉아 잔뜩 긴장해있는 젊은 사내는 양만춘의 부하이자 안시성 군사로 보였다. 아기를 어르던 양만춘이 번뜩 생각난 듯이 가져온 보자기를 꺼내어 매듭을 풀었다. 보자기 안에는 살이 풍부한 고기와 술이 한가득 들어있었다. 젊은 부부는 놀란 표정으로 서로를 바라보며 미소를 지었다. 양만춘은 아기의 뽀얀 얼굴에서 눈을 떼지 못했다.

"누추한 곳까지 찾아주시니 몸 둘 바를 모르겠습니다, 성주."

사내가 고개를 숙여 인사했다. 그러자 양만춘이 대수롭지 않은 말투로 답했다.

"성 안에 새 생명이 탄생했다는데 안 올 수 없지. 이제 막 잡은 고기도 빨리 전달해야 했고."

"그럼 사람을 시켜서 보내시지 굳이……."

붉게 얼굴이 상기된 여인이 인사를 보냈다.

"모두 다 할 일이 많아서 내가 제일 한가하다."

양만춘이 너스레를 떨자 젊은 부부가 동시에 웃음을 터뜨렸다.

"아이의 이름은 지었나?"

양만춘이 말길을 돌려 물었다. 그러자 부부는 서로를 바라보며 머뭇거렸다. 입안에 맴도는 말이 있는 모양이었다.

"아직 없는 것인가?"

"있습니다. 아주 평범한 이름입니다, 성주."

사내가 결심이 서린 목소리로 대답했다. 여인이 상기된 표정으로 설명을 보냈다.

"제가 한사코 말렸는데 이이가 그 이름으로 하자고 우겼어요."

"이름이 무엇인데?"

"늦봄이라 지었습니다. 그 이름을 쓰게 허락해 주시겠습니까?"

"늦봄이라면 만춘인데?"

양만춘이 놀라 반문하다가 호쾌하게 웃었다. 그러자 부부가 따라 웃으며 환한 미소를 지었다. 불빛이 일렁이는 촛불을 두고 화기애애한 대화가 오갔다.

사물은 단검을 쥔 손에 힘이 풀리는 것을 느꼈다. 어쩌면 지금 이 기회가 일격의 기회일지도 모른다. 양만춘은 아기를 품에 안고 있으니 반응이 느릴 것이고, 군사는 신출내기로 전투 경험이 부족해보였다. 게다가 여인과 아기를 지키느라 긴장할 것이니, 목표가 단 하나뿐인 사물에게는 유리한 상황이었다. 무엇보다 이곳은 집무실이 아니었으므로 언제나 양만춘 옆을 지키며 사물을 경계하는 추수지가 없었다. 사물은 목덜미가 답답하게 조여 왔다. 한시라도 빨리 결정을 내려야했다. 갓난아이를 어르는 양만춘의 등 뒤에서 일격을 가할 것인가. 고민이 깊어지던 사물은 문득 마음 깊은 곳에서 의문을 떠올렸다. 움집이 모여 있는 촌락 외곽까지 나와 새 생명을 축하해주는 안시성 성주는 정말 고구려의 반역자인가. 단 하루에 지나지 않았지만 안시성에서 본 양만춘은 반역을 주도하는 후안무치보다는 성민을 보살피는 자애로운 성주에 가까웠다. 그러나 단검에는 연개소문의 명이 깃들어 있었고, 그 사이에서 사물은 혼란스러웠다. 무엇이 진실인가. 무엇이 내가 해야 할 일인가. 무엇이 고구려를 살리는 길인가. 결국 사물은 갓난아이

앞에서 양만춘을 습격하지 못했다.

양만춘이 자리에서 일어나 인사를 나누었다. 움집을 나오려는 모양이었다.

"여기까지 찾아주셨는데. 이것만이라도 해야 제가 마음이 편할 것 같습니다. 성주. 관아에 들어가실 때까지 모시겠습니다."

사내가 양만춘을 따라나서며 말했다.

"아니다. 들어가서 안사람이나 돌봐라."

양만춘이 손을 내저으며 발길을 돌렸다. 사물은 멀리서 인사를 나누는 두 사람을 지켜보며 양만춘이 다시 혼자가 되기를 기다렸다. 젊은 부부는 양만춘이 완전히 멀어져 보이지 않을 때까지 허리를 숙였다. 사물은 사내가 집 안으로 들어가기를 기다렸다가 재빨리 양만춘이 걸어간 골목으로 쫓아갔다.

연개소문의 명이다. 방해꾼은 없다. 목격자도 없다. 집무실에 도착할 때까지 양만춘은 혼자다. 단 한 번의 일격이어야 한다. 지금과 같은 기회는 다시 찾기 어려울 것이다. 사물의 피가 수런거리며 심장 박동이 세차게 뛰었다. 단검을 쥐고 걸음을 빠르게 옮겼다. 어둠 속에서 멀어지는 양만춘의 뒷모습이 보였다. 사내가 집안으로 들어갈 때까지 기다린 탓에 제법 거리가 있었다. 양만춘이 오른편으로 길을 꺾었고, 사물은 속도를

높이며 따라붙었다. 사물이 단검을 움켜쥐고 오른편으로 돌았을 때였다. 직선으로 길게 이어진 길 위에는 아무도 보이지 않았다. 순간 사물이 바짝 긴장하여 주위를 돌아보았다. 담벼락 뒤에도, 옆으로 이어진 움집에도 양만춘은 없었다. 눈앞에서 양만춘을 놓친 것이었다. 사물은 긴장이 풀어지며 허망한 얼굴로 숨을 토해냈다. 식은땀이 흘러내리며 커다란 동공이 제 모양을 찾았다. 밤이 깊은 촌락에는 정적이 흘렀다.

6. 준비해라,
곧 당나라 본진이 도착한다

간밤에 잠을 이루지 못한 사물이 수척한 얼굴로 성벽을 바라보았다. 성벽에는 추수지와 풍, 활보와 같은 무장들과 군사들이 모여 있었고, 그들과 함께 줄을 당기고 있는 양만춘이 있었다. 줄에 연결된 것은 느릅나무로 만든 합판에 날카로운 철못을 촘촘히 박아 만든 원통 모양의 낭아박이었다. 성벽 위로 낭아박을 끌어올리는 이유는 분명했다. 이제 곧 성을 공격해올 당나라군을 대비하는 것이었다. 당나라군들이 안시성 성벽을 올라오면 낭아박을 떨어뜨려 방어할 것이었다. 사물은 의문이 들었다. 정말로 당나라 대군에 맞서 싸울 생각인가. 주필산 전투에서 보았던 당나라군들만 해도 안시성 군사와는 비교도 되지 않는 수였다. 전력의 차이가 승패를 좌우한다면, 안시성의 패배는 어린아이도 장담할 수 있을 것이었다. 사물은 고민을 거듭해도 갈피가 잡히지 않았다. 처음에는 안시성 성주가 연개소문을 거역한 일로 보아 당나라 황제 이세민에게 항복하고 성문을 열어 목숨을 부지할 생각인 줄 알았다. 그러나 지금 안시성 성주는 전투에 대비하여 무기를 점검하고 군사를 움직이며 체계적으로 방비하고 있었다. 무엇보다 놀라운 것은 당나라 대군이 안시성으로 몰려온다는 이야기가 성민들에게 널리 퍼졌는데도 안시성을 이탈하는 자가 없다는 것이었다. 성주 양만춘과 성민들의 두터운 신뢰를 알 수 있는 증거였다. 사물은 양만춘과 추수지를 응시했다.

"위험합니다, 성주. 저희가 하겠습니다."

추수지가 양만춘을 말리며 말했다.

"괜찮다. 물러서라."

양만춘이 줄을 당기며 몸을 뒤로 기울였다. 그 모습을 지켜보던 사물 곁에 소벌도리가 다가왔다.

"뭘 그리 보느냐?"

"…… 성주는 어떤 인물입니까?"

잠시 뜸을 들이던 사물이 질문했다.

"성주 말이냐?"

"예. 안시성 사람들에게 성주는 어떤 인물인 겁니까?"

이번에는 소벌도리가 뜸을 들였다. 간단한 답을 하기에는 떠오르는 이야기가 많은 탓이었다.

"모두가 성주를 안시성 그 자체로 생각하고 있지."

"예?"

"성주가 없는 안시성은 안시성이 아니다."

소벌도리의 목소리는 확고했다. 양만춘이 없는 안시성은 안시성이 아니다. 사물은 속으로 소벌도리의 말을 반복했다. 연개소문은 고구려고 고구려는 연개소문이다. 사물은 연달아 생각했다. 연개소문의 명을 받들어 목숨을 걸고 이곳으로 왔다. 그런데 소벌도리가 단검으로 처단해야 할 양만춘에 대한 무한한 신뢰를 드러냈다. 다른 지역에 사는 고구려인들이라면 몰라도 안시성에 살고 있는 고구려인들은 성주 양만춘에게 진심으로 충성을 다하고 있었다. 사물의 표정이 복잡해졌다.

그때였다. 낭아박을 성벽 위로 끌어올린 양만춘이 사물을 발견하고 다가왔다. 사물은 급히 표정을 풀고 고개를 숙여 인사했다.

"나왔구나."

추수지가 양만춘을 뒤따라오며 험한 얼굴로 사물을 쏘아보았다.

"파소 이놈은 왜 안 보이지?"

양만춘이 고개를 두리번거리자 추수지가 대답했다.

"밤늦게 정찰을 나갔다 와서는 아직 못 일어났나 봅니다."

"그놈이 그렇게 해달라고 하더냐?"

양만춘이 고개를 확 돌려 추수지를 향해 소리쳤다. 추수지
는 시선을 피하며 뒷걸음질을 했다. 확신이 선 양만춘이 어딘
가를 향해 달려가기 시작했다.

양만춘이 벌컥 문을 열고 파소의 거처로 성큼 들어왔다. 뒤
를 따라온 추수지가 재빠르게 거처 안을 훑었다. 파소의 거처
는 묘한 공간이었다. 내부공간은 넓었지만 가구가 하나도 없
어 휑한 분위기가 감돌았다. 게다가 천장을 받치는 기둥 윗부
분에는 귀신이 그려져 있었는데 눈동자가 뱀처럼 가늘고 입이
크게 찢어져 웃는 모습이 기괴하였고, 뾰족한 이가 가득 들어
차있어서 사람보다 짐승에 가까운 생김새였다. 뒤쪽 기둥에는
천장을 받친 상단이 마치 귀신 머리에서 자란 뿔 같았고, 검
은 눈이 깊고 어두워서 눈알이 비어있는 것처럼 보였다.

방 뒤편에 가죽 이불을 깔고 누워 자던 파소가 갑작스런 소
리에 몸을 일으켰다. 헝클어진 머리에도 수려한 외모가 돋보였

다. 실오라기 하나 걸치지 않고 있던 파소가 양만춘을 발견하고 다급하게 옷을 찾아 입었다. 양만춘은 파소와 눈도 마주치지 않은 채 거처 안을 돌아다니며 무언가를 찾기에 바빴다.

"오셨습니까, 성주. 무엇을 찾으십니까?"

옷을 걸친 파소가 양만춘을 향해 물었다.

양만춘은 아무 말도 들리지 않는 사람처럼 여전히 바쁘게 시선을 옮겼다. 무언가 보이지 않는 공간이라고는 기둥 뒤편뿐이었다. 양만춘이 귀신이 그려진 기둥들을 일일이 확인하기 시작했다. 그때 한 기둥 뒤에서 여인들이 입는 치맛자락이 빠져나온 것을 발견했다.

"나와라. 나오라고!"

양만춘이 붉어진 얼굴로 소리쳤다. 기둥 뒤에 있던 여인이 화들짝 놀랐는지 다급하게 치맛자락을 끌어당겼다. 그러나 이미 양만춘이 발견한 후였다. 기둥 뒤에서 머뭇거리던 여인이 마지못해 걸어 나왔다. 안절부절 못하는 여인은 양만춘의 여동생 백하였다. 양만춘은 인상을 구기며 백하를 노려보았다. 심상치 않은 분위기를 감지한 파소가 슬그머니 뒷걸음질을 했다. 기척을 느낀 양만춘이 벽에 걸린 화살을 집어 들고 활을 먹였다. 파소는 황급히 기둥 뒤로 몸을 숨겼다. 양만춘이 활시위를 당기고 활을 쏘았다. 순식간에 허공을 찢고 날아간 화살이 파소가 몸을 숨긴 자리로 날아가 박혔다. 기둥이 없었다면 정확히 파소의 머리를 꿰뚫었을 자리였다.

"오빠!"

백하가 소리를 지르며 팔을 휘저었다. 양만춘이 몸을 틀어 다시 파소를 겨냥했다. 조금이라도 늦었다가는 목숨을 부지하기 어려운 상황이었다. 파소가 다시 몸을 던져 다음 기둥 뒤로 숨었다. 두 번째 화살이 그 뒤를 쫓아갔다. 파소의 움직임과 정확히 일치하는 궤적이었다.

"추수지! 오빠 좀 말려 봐요!"

얼굴이 하얗게 질린 백하가 추수지의 옷깃을 붙잡고 애걸했다.

"흥분하셔서 아무 말도 안 들리실 겁니다."

백하는 추수지의 무뚝뚝한 대답에 기가 막혔다.

연이어 날아가는 화살을 파소는 간발의 차로 피했다. 그 모습을 지켜보는 백하가 불안한 얼굴로 발을 동동 굴렀다. 이때 사물이 소란스러운 파소의 처소로 들어왔다. 사물의 눈에는 양만춘이 제 부하를 향해 화살을 쏘고 있었다.

"성주, 진정하십시오! 접니다! 기마대장 파소입니다! 진짜 저를 죽일 작정이십니까?"

파소가 기둥 뒤에서 소리쳤다. 양만춘의 눈가에 힘이 들어갔다.

"왜? 내가 못할 거 같으냐?"

연이어 화살을 당긴 양만춘의 팔에 굵은 핏대가 섰다. 이제 더 이상 뒤로 물러날 기둥이 남아있지 않자 파소가 사정거리에 들어왔다. 양만춘이 활을 들어 장전했다. 활과 파소 사이에 방해물은 아무것도 없었다. 양만춘이 활시위를 팽팽하게 잡아당기는데 불쑥 백하가 화살 앞으로 끼어들었다.

"파소 몸에 손가락 하나라도 대면 가만히 있지 않을 거예요!"

백하가 두 팔을 벌리고 파소 앞을 막아섰다. 양만춘은 표적에서 시선을 움직이지 않고 이를 악물었다.

"비켜라. 손가락 하나 안 대고 화살만 날릴 테니까."

"쏘려면 나부터 쏴요. 파소를 찾아온 사람은 나니까."

백하가 앞으로 성큼 걸어 나오며 양만춘 가까이 섰다. 날카로운 화살촉이 금방이라도 백하의 얼굴을 뚫어버릴 것 같았다. 양만춘은 대답이 없었지만, 화살을 쥔 자세를 움직이지도 않았다. 누구 하나 섣불리 입을 열지 못했다.

잠시 정적이 흐르던 찰나, 성안에 뿔피리 소리가 울려 퍼졌다. 성 밖으로 낯선 자들이 보인다는 신호였다. 파소의 처소 안에 있던 모두가 바짝 신경을 곤두세우고 누가 먼저랄 것도 없이 몸을 돌려 성벽을 향해 달렸다. 사물은 관청을 뛰쳐나가는 사람들을 보며 뿔피리가 다급한 일을 알리는 신호임을 깨달았다. 그 사이 웃옷을 걸친 파소가 사물을 지나며 말했다.

"네가 사물이구나? 나도 태학을 나왔다."

사물이 대답을 하려는데 파소가 씩 웃음을 짓고는 앞서 나갔다.

문루에서 대기하던 무장들이 양만춘을 발견하고 목례를 했다. 양만춘이 앞으로 나아가 전방을 내려다보았다. 성벽 너머로 드넓은 들판이 보였고, 뿌연 먼지를 일으키며 안시성 앞에 당도한 무리가 보였다. 먼지에 휩싸여 무장한 모습이 선명하지 않았지만, 그들이 누구인지 단번에 알 수 있었다. 당나라 기병들이었다. 그들은 기다란 창을 들고 말 위에서 안시성을 바라보고 있었다. 단단한 철모 아래 안시성을 뜯어보는 시선에 살기가 어렸다. 당나라 기병들은 다른 군사들과 달리 가벼운 움직임이 없었고, 고작 십여 명 뿐인데도 섬뜩한 기운이 풍겼다.

추수지가 돌궐 기병을 중심으로 주변을 관찰했다. 뒤척거리는 수풀의 움직임이 없는지, 둔덕 너머 일어나는 흙먼지는 없는지, 뒤따르는 군사들은 없는지. 한참을 살피던 추수지가 양만춘에게 보고했다.

"다른 부대의 모습은 안 보이는데요?"

"미리 정탐을 하러 온 것이다. 게다가 일반 척후대가 아니라 돌궐인 척후대다."

"돌궐인 척후대는 이세민이 직접 명을 내리는 자들입니다, 성주."

"그들까지 여기 나타난 걸 보니 이세민이 곧 도착할 모양이다."

"생각보다 일찍 도착했네요?"

"서둘러 평양성으로 치고 내려가야 할 테니까."

당나라가 평양으로 내려간다는 말은 서둘러 안시성을 함락할 것이라는 뜻이었다. 대화를 듣던 무장들의 얼굴에 긴장감이 서렸다. 고구려 국경에서 연달아 승전보를 울린 당나라군의 위세와 당황제 이세민의 아성은 고구려인이라면 들어보지 않은 자가 없었다. 하지만 무장들보다 더욱 놀란 것은 사물이었다. 대막리지에 반기를 들어 고구려를 통하는 이야기들이 제대로 전달되지 못했을 텐데 양만춘은 전쟁 상황을 정확히 파악하고 있었다.

"자, 준비해라. 곧 당나라 본진이 도착한다."

무장들은 양만춘이 말한 당나라 본진이 무엇인지 머릿속에 상기시켰다. 이세민이 이끄는 당나라 대군. 이제 안시성은 거대

한 폭풍 앞에 선 촛불과도 같았다. 몸을 불사르며 싸운다 해
도 한순간에 사라질 빛이 될지도 몰랐다.

안시성에는 비장한 공기가 흘렀다. 무관들이 무기고를 열고
군사들에게 무기를 지급하였다. 칼과 창, 그리고 노와 활이 하
나씩 주어졌다. 무기를 받아든 군사들은 자신의 무기를 점검
했다. 당나라군이 성벽을 넘어오면 마지막까지 자신을 지켜줄
유일한 구원책이었다.

성 곳곳에는 수성무기들이 배치되었고, 성벽을 따라 장창을
든 병사들이 도열했다. 추수지가 병사들을 움직여 일정하게
간격을 조정하며 방어선을 구축하는 데 집중하였다. 환도수를
이끄는 풍은 성 밖을 내려다보았다. 성벽을 오르는 당나라군
의 공격을 가늠하며 목청을 높였다.

"단 한 놈도 성벽에 오르지 못하게 해야 한다!"

풍의 외침을 들은 군사들의 목이 뻣뻣하게 조였다.

당나라군에 비한다면 안시성은 작은 성에 불과했다. 성벽을
넘어 온 당나라군들이 안에서 성문을 열어 길을 낸다면, 눈
깜짝할 사이에 당나라군들이 밀고 들어와 안시성 전체를 초
토화 시킬 것이었다. 안시성이 살아남을 수 있는 길은 단 하나
였다. 단 한 명의 당나라군도 성벽을 넘지 못하게 해야 했다.

성벽을 방어하는 군사들 다음으로 궁수들이 활대에 자리를 잡았다. 군사들은 자신들이 성벽이 아니라 사선 위에 서 있다는 것을 직감했다. 죽음 속으로 적을 밀어 넣을 것인가, 죽음으로 자신이 밀려날 것인가. 전투에서 결정되는 것은 오로지 그것 하나였다.

궁수병 중에는 화살을 든 군사 마로도 섞여있었다. 그 옆에 멀뚱한 얼굴로 붙어선 동생 다우도 함께였다. 마로가 다우에 눈짓을 하며 속삭이듯 말했다.

"다우야, 어서 가. 여기 있으면 안 돼."

"형이랑 같이 있을래! 나도 싸울 수 있단 말이야!"

동생 다우가 입을 비죽 내밀었다. 그러자 마로가 아이를 어르는 말투로 말했다.

"알아, 그런데 너도 성주가 정해주신 일이 있잖아."

"화살이나 줍는 게 일인가."

다우가 헛발질을 하며 땅을 툭툭 찼다. 마로가 다우의 머리를 쓰다듬었다.

"그것도 아주 중요한 일이야. 어서 내려가."

다우가 마지못해 성 아래로 걸어 내려갔다. 마로는 동생의 뒷모습을 바라보다 다시 먼 들판을 응시했다.

안시성 중앙에 위치한 원형 광장에는 성민들이 모여들었다. 당나라 본진이 도착할 것이라는 이야기를 전해들은 이후였다. 성민들은 당나라에 안시성이 함락되어 처참하게 짓밟히느니 목숨을 바쳐 끝까지 성을 지키고자 하였다. 광장에는 훈련을 하지 못한 사내들과 무기를 다루기 어려운 노인들, 그리고 여인들과 아이들이 대부분이었다. 광장 가운데 설치된 단상에 소벌도리가 올라섰다. 전쟁이 일어날 것이라는 두려움 앞에서 성민들을 설득하고 단합시킬 사람은 이곳에서 평생을 지내온 소벌도리가 제격이었다. 소벌도리는 성민들에 대해서도 모르는 바가 없었으므로 각자에게 알맞은 역할들을 정해 나눠주었다.

"도인들은 군사로 위장해서 적의 공격이 없는 높은 산 쪽을 지키고 선다. 나이가 있는 여자들은 식사와 다친 병사를 담당하고, 아이들은 전투가 끝난 후 화살을 회수한다."

백성들은 제 역할을 곱씹었다. 무거운 분위기를 느끼고 겁에 질린 아이가 울음을 터뜨렸다. 여인이 품에 안은 갓난아이를 어르고 달랬다. 아이의 울음은 쉬이 그치지 않았다. 여인은 아이의 붉어진 얼굴을 바라보며 떨리는 목소리로 말했다.

"울지 마라. 성주님께서 반드시 우릴 지켜주실 거야."

여인의 목소리가 간절한 기도처럼 들렸다.

관아 안 집무실에서 갑옷을 입은 양만춘이 자신의 단검을 보고 있었다. 칼날의 넓은 면을 훑어보다가 반대편으로 돌리며 유려한 곡선을 살폈다. 칼날에 반사된 양만춘의 얼굴에는 어두운 기색이 역력했다.

양만춘이 고개를 들어 사물과 시선을 마주쳤다.

"사물, 네 칼을 보자."

흠칫 놀란 사물이 품 안에서 단검을 꺼내어 내밀었다. 단검을 받아든 양만춘이 손으로 매끄러운 칼날을 만졌다.

"좋은 칼이구나. 이걸로 내 수염을 잘라라."

"예?"

사물이 놀라 반문했다. 양만춘이 대수롭지 않은 얼굴로 설명했다.

"전투에 나가기 전에 수염을 다듬어야 적의 손에 잡히지 않지."

양만춘이 사물에게 다시 단검을 건네고 자세를 잡았다. 사물은 가슴이 두근거리며 손에 힘이 들어가는 것을 느꼈다. 다시 기회가 생긴 것인가. 사물이 단검을 거머쥐었다. 아무리 싸움에 뛰어난 장수라고 해도 얼굴에 맞닿은 칼이 목덜미에 꽂히는 것을 막을 수는 없을 것이었다.

"뭐하냐. 어서 잘라라."

양만춘이 사물을 다그쳤다. 사물이 조심스럽게 손을 뻗어

양만춘의 수염을 잡았다. 그리고 양만춘의 얼굴 가까이 칼을 가져다 대었다. 칼날이 턱선 위로 겹쳐지자 심장이 세차게 뛰며 호흡이 짧아지는 것을 느꼈다. 사물이 들키지 않으려고 숨을 깊이 마셨지만 목덜미로 식은땀이 주룩 흘러내렸다. 수염이 모인 부분에 칼날을 대고 힘을 주어 움직였다. 후두둑, 잘린 수염들이 아래로 떨어졌다. 칼을 쥔 사물의 손에 작은 경련이 일었다. 양만춘은 여유롭게 눈을 감고 수염을 자르기 좋은 각도로 고개를 들었다. 추수지가 자리를 비운 집무실. 양만춘의 평온한 표정. 연개소문의 단검. 칼 바로 아래로 뻗은 목선. 예리한 칼날과 부드러운 살…… 사물은 생각했다. 이것은 절호의 기회가 아니다. 마지막 기회다. 사물은 연개소문의 명을 완수하고 평양성으로 달려갈 때가 되었음을 직감했다. 사물이 숨을 죽이고 움켜쥔 칼날을 아래로 기울였다. 칼이 사선으로 기울어지며 날이 서는 순간이었다.

"지금은 하지 마라."

양만춘이 눈을 감은 채 말했다. 낮고 평온한 목소리였다. 사물이 놀라 숨을 삼켰다. 집중력이 흐트러진 눈빛이 불안하게 흔들렸다.

"어제 촌락까지 날 따라왔었지?"

사물이 눈을 크게 떴다. 손이 떨려 자칫 칼을 놓칠 것 같았다. 단검을 쥐고 성주의 뒤를 밟았다는 것을 알면서도 자신을 살려둔 이유가 무엇일까. 사물은 양만춘의 의도를 짐작할 수 없어 머릿속이 혼란스러웠다. 아무리 생각해봐도 이유가 있다면 두 가지뿐이었다. 양만춘에게 사물 자신이 모르는 의도가 있거나, 아니면 고구려를 위해서 함께 싸울 거라고 진정으로 믿고 있거나.

양만춘이 눈을 뜨고 사물을 바라보았다. 흔들림 없는 눈빛이었다.

"언제든지 기회가 있다. 그러나 지금은 하지 마라."

집무실 문이 열리고 추수지가 들어왔다.

"준비 됐습니다."

문득 정신이 든 사물이 단검을 집어넣고 자세를 바로 잡았다. 양만춘이 일어나 탁자 위에 올려둔 활을 등에 매고 칼을 허리에 걸쳤다.

"칼을 빼들고 있던데 별일 없었습니까?"

추수지가 사물의 두 손을 살피며 양만춘을 향해 물었다.

"괜찮다."

"처음부터 내가 불안하다고 하지 않았습니까? 연개소문이 보내 게 맞죠?"

양만춘은 별다른 대답 없이 무기들을 점검했다. 당황한 기색이 역력한 사물을 보고 상황을 확신한 추수지가 다그쳤다.

"없애야 됩니다. 전투 중에 뒤에서 공격해오기라도 하면 어쩌려고 하십니까."

추수지가 칼을 잡았다. 사물의 표정이 굳어졌다.

"애한테 당하지는 않아."

"나이는 어려도 태학 출신입니다. 가만 놔뒀다가는 큰일을 당할 수도 있습니다."

"저 아이도 안시성 사람이다. 지켜보면 알게 되겠지."

양만춘이 사물의 편을 들었다. 추수지는 난감한 얼굴로 사물을 노려보았다. 당나라군들이 몰려오는 것만으로도 골치가 아픈데 내부의 적까지 감시할 여유는 없었다.

"성주한테 무슨 일 생기면 제가 가만 안 둘 겁니다."

추수지가 이를 갈며 말했다. 양만춘에게 하는 말이었지만, 사물은 자신에게 보내는 경고라는 것을 알았다. 추수지의 시선에서 섬뜩한 살기가 느껴졌다.

사물은 이미 양만춘에게 적의를 들켜버린 상황이었다. 그러나 양만춘의 속내를 알지 못했고, 자신에게 남은 선택지도 분명해졌다. 안시성에서 당나라 대군에 맞서 싸우다 죽느냐, 양만춘을 습격하고 안시성 무장들에게 죽느냐였다. 이때 뿔피리 소리가 들려왔다. 아까 들려온 것과 달리 길게 울리는 소리였다.

"본대인가?"

양만춘이 추수지에게 확인했다. 추수지의 얼굴이 험악하게 일그러졌다.

"그런 것 같습니다."

두 손으로 투구를 잡고 머리 위에 쓴 양만춘이 무장을 확인했다. 철조각을 이어 만든 갑옷과 날카롭게 벼른 칼, 그리고 철을 단련하여 단단하게 만든 투구. 양만춘이 비장한 표정으로 허리를 곧추세우고 섰다. 그리고 집무실 밖으로 걸어 나가며 소리쳤다.

"사물, 대장기를 높이 들거라!"

"예, 성주!"

사물은 목청껏 외치며 결심을 굳혔다. 안시성은 싸우고자 한다. 당나라 대군에 맞서 고구려를 지키고자 한다. 그렇다면 양만춘은 죽여야 할 반역자인가? 고구려를 외면하고 당황제에게 길을 열어주는 비겁자인가? 안시성 성주 양만춘과 성민들은 당나라군에 맞서 싸우고자 한다. 싸우다 죽고자 한다. 그렇다면 해야 할 일은 하나였다. 함께 싸우다가 함께 죽는 것. 정신이 번쩍 든 사물이 대장기를 높이 들기 위해 양만춘의 뒤를 따랐다.

양만춘과 추수지, 그리고 사물과 안시성 부장들이 내성 문으로 나왔다. 문밖에는 전투 준비를 마친 백하와 부대원들이 도열해 있었다. 금속 갑옷을 입은 백하는 어깨에 화살을 동여매고 손에 창을 들고 서 있었다. 백하의 옆에는 달래가 있었고, 그 뒤로 젊은 여자들로 구성된 이백여 명의 부대원들이 가죽 갑옷을 입은 채 쇠뇌를 들고 있었다. 반대편에는 무장한 파소와 기병대가 말에 올라타 대기하고 있었다. 파소와 백하는 시선을 교환하며 의지를 다졌다. 전투를 앞둔 군사들의 얼굴에 긴장이 고조되었다.

양만춘은 걸음을 재촉하며 문루에 올랐다. 성 밖으로 시선을 널리 뻗어 살펴보니 지평선 너머로 몰려오는 당나라 대군이 보였다. 허공에 펄럭이는 형형색색의 깃발들 아래로 군대를 이끄는 당나라 장수들이 하나둘 모습을 드러냈다. 당나라 황제 이세민을 중심으로 장수 방연과 장손무기, 그리고 이적, 이도종, 아사나사이가 선두에 섰다. 그 뒤를 따르는 당나라군들이 밀려드는 파도처럼 끊임없이 쏟아져 나왔다.

성벽 위에 선 안시성 군사들은 엄청난 당나라군들을 목격하는 순간 온몸에 떨림이 일었다. 전투를 시작하기도 전에 얼굴에 절망적인 기색이 번졌다. 직접 보면서도 믿기지 않는 광경에 안시성 무장들도 입을 벌리고 넋을 놓았다. 검은 그림자가 푸른 벌판을 집어삼키며 안시성을 향해 뻗어 왔다.

머지않아 안시성을 발 밑에 두겠구나

7. 성문을 열어
천륜을 회복하는 걸 도우라

당나라 황제 이세민이 군사를 이끌고 안시성 인근에 당도했다. 대군이 들판을 가득 뒤덮어 길이 제대로 보이지 않았다. 장군들과 함께 산등성이에 오른 이세민이 시야를 멀리 보며 안시성을 살폈다. 안시성은 산등성이에 기대어 성벽을 지어 다른 성들보다 경사가 가파르고 높았다. 규모는 작았지만 성벽이 마치 움켜진 손아귀처럼 둥글게 안시성 안을 감싸고 있었다. 그러나 이세민은 요동성을 떠올렸다. 고구려 국경을 방어하는 가장 강력한 성이라 불리던 요동성도 공성무기 앞에 성벽이 무너지고 성안이 불타지 않았던가. 이세민의 입가에 옅은 미소가 걸렸다.

"생각보다 더 작은 성이구나."

이세민이 여유로운 말투로 말했다.

"하루면 폐하의 수중에 넘어올 듯싶습니다."

곁을 지키고 서 있던 장손무기가 장단을 맞추었다.

"폐하, 저에게 선봉을 허락하신다면 당장 안시성을 폐하의 발밑에 끌어다 놓겠사옵니다. 명을 내려 주시옵소서."

이적이 이세민에게 고개를 숙이며 결의에 찬 목소리로 말했다. 그러자 당나라 장수 이도종이 끼어들었다.

"아닙니다, 폐하. 이번 선봉은 저에게 맡겨주십시오."

서로 선봉을 맡겠다는 장수들을 보며 이세민이 너스레를 놓았다.

"싸움에는 법도가 있는 법이다. 저들에게도 살 기회는 주어야지."

무장들이 크게 웃으며 고개를 끄덕였다. 누구 하나 패배를 예감하는 자가 없었다.

안시성 문루에서 경계를 서던 군사가 고개를 내밀고 눈을 가늘게 떴다. 당나라 진영에서 성벽을 향해 말을 탄 자들이 달려오고 있었다.

"당나라의 사자가 옵니다."

보고를 받은 추수지가 양만춘에게 말했다.

양만춘이 성문 위의 성첩으로 자리를 옮겨 성 밖을 내다보았다. 성문 앞에는 당나라 사자와 사자를 호위하는 군사들이 깃발을 들고 있었다.

양만춘을 알아본 사자가 입을 열었다.

"안시성주는 들어라. 황제께서는 안시성에 아무런 사사로운 마음이 없으시다. 황제께서 이 나라에 오신 이유는 개소문이라는 자가 너희의 왕을 죽이고, 다른 왕을 앉혀 이를 바로잡기 위해서 온 것이다. 그러니 너는 성문을 열어 천륜을 회복하는 걸 도우라. 그럼 너희들의 목숨을 살려줄 것이다."

사자의 말은 거침이 없었다. 양만춘은 입술을 지그시 깨물었다. 천륜의 회복이라고 말을 치장하였으나 고구려를 당나라 마음대로 하겠다는 뜻이 그 속에 숨어있음을 모르지 않았다. 양만춘은 백암성이 함락된 이야기를 전해 들었다. 당나라 대군에 맞서 싸울 의지를 잃은 백암성 성주가 항복의 뜻을 내보이며 당황제에게 문을 열어주었다고 했다. 안시성은 백암성보다 작은 성이다. 그러니 이세민이 우습게 알고 어린아이를 가르치듯 이야기를 전하는 것이었다.

성벽을 따라 선 군사들과 안시성 아래 모여든 성민들의 시

선이 양만춘에게 몰렸다. 무거운 정적을 깨고 양만춘이 이죽거렸다.

"그걸 왜 여기서 따지나! 개소문을 직접 찾아가서 말해야지!"

얼어붙었던 공기가 금이 간 것처럼 갈라지고, 긴장했던 군사들이 일제히 웃음을 터뜨렸다. 그러자 성민들도 박장대소를 하며 낄낄거렸다.

양만춘이 허리를 바로 세우고, 목청을 높였다.

"따지고 보면 너희 황제도 친형을 죽이고 아버지 자리를 빼앗은 것 아니냐? 그런데 누가 누구를 바로잡겠다는 거냐?"

사자의 표정이 순식간에 일그러졌다.

"당장 물러가라. 그렇지 않으면 이 안시성에서 모두 몰살될 것이다."

대답을 찾지 못하는 사자를 향해 양만춘이 호통을 쳤다.

"네놈이 진정 실성을 한 것이구나! 저 황제폐하의 대군이 눈에 보이지 않는 것이냐!"

사자가 말고삐를 쥔 손에 힘을 주고 몸을 부들부들 떨었다. 사자의 얼굴이 붉게 달아올랐다. 양만춘이 대수롭지 않은 표정으로 사자를 낮은 시선으로 내려다보았다. 추수지가 손을 들어 신호를 보냈다. 군사들이 일제히 자세를 갖추고 활을 들어 팽팽하게 시위를 당겼다. 화살이 모두 당나라 사신과 호위 무사들을 향하고 있었다. 성벽에 난 구멍 사이로 안시성의 궁수들도 화살을 조준했다. 사자의 얼굴에 서린 분노는 자신을 겨누는 뾰족한 화살촉 앞에 두려움으로 바뀌었다. 양만춘은 무표정한 얼굴로 자신을 노려보는 사자의 시선을 마주보았다. 잠시 팽팽한 긴장감이 흘렀다. 사자는 양만춘의 검고 단단한 눈동자를 보며 안시성이 당나라 대군을 향한 화살을 내리고 스스로 문을 열지 않으리라는 것을 확신했다. 얼굴에 핏기가

가신 사자가 재빨리 말머리를 돌려 다시 당나라 진영으로 달려가기 시작했다. 흙먼지를 일으키며 정신없이 속도를 높여 사라지는 당나라군들 뒤로 안시성 군사들의 비웃음이 쏟아졌다.

상황을 지켜보던 사물의 표정은 급격히 굳어졌다. 지금은 웃을 수 있을지 모르나 화가 잔뜩 난 당나라 사자가 황제 이세민에게 돌아가 내용을 전하면 전투는 피할 수 없었다. 사물은 양만춘을 살폈다. 하지만 멀어지는 당나라 사자를 응시하는 양만춘의 얼굴에서는 어떤 것도 읽히지 않았다.

안시성 인근 산등성에서 이세민은 사자가 돌아오는 모습을 지켜보았다. 사자의 안색이 어둡고 말을 타는 자세가 흐트러진 것을 보아 일이 어렵게 된 것이라 짐작하였다. 산등성이까지 올라온 사자가 황급히 말에서 내려 바닥에 꿇어앉았다. 머리를 깊이 숙이고 양만춘이 한 말을 그대로 전하였다.

"연개소문에 반기를 들었다면서 항복은 하지 않는다?"

이세민이 믿을 수 없다는 듯이 되물었다.

"그러하옵니다."

이세민의 눈빛이 번뜩였다. 작은 성 하나가 당나라 대군에 맞서 기어코 죽음을 맞이하겠다는 것인가. 이세민이 주먹을 움켜쥐었다. 안시성 하나 넘는 것은 어려운 일이 아니었다. 강력한 전투력을 가진 요동성도 함락시키지 않았던가. 그러나 문제는 시간이었다. 겨울이 오기 전에 평양성에 들어가야 했다. 겨울이 오면 군사는 얼어붙는다. 먼 길을 이끌고 온 군사들이 제 힘을 발휘해서 싸우려면 시간이 길어져서는 안 되었다. 이세민은 안시성이 귀찮게 달라붙는 작은 벌레처럼 느껴졌다.

제 분수를 모르고 날아들며, 죽이지 않으면 멈추지 않는 벌레.

이세민이 무장들을 향해 말했다.

"상관없다. 여기서 지체할 까닭이 없다. 당장 안시성을 넘는다. 군사들을 전진 배치하라."

"예, 폐하!"

산등성이에 무장들의 외침이 울려 퍼졌다.

당나라 장수 부복애가 공성무기들이 있는 곳으로 부하들을 데려갔다. 요동성을 둘러싸고 커다란 돌을 던져 성벽을 무너뜨린 무기들이었다. 부복애가 전진 배치를 위해 이동을 명하자 군사들이 일사분란하게 움직이며 무기들을 움직이기 시작했다. 돌을 날리는 투석기와 성벽을 타고 오르는 사다리차 운제, 그리고 커다란 나무 기둥을 매단 충차가 줄지어 나타났다. 제일 앞에선 군사들이 커다란 바퀴가 달린 투석기를 힘껏 밀고 나갔다.

"앞으로, 앞으로!"

부복애가 간격을 조정하며 신호를 보냈다.

이세민은 머릿속으로 안시성 성벽을 무너뜨릴 전략을 세웠다. 가장 취약한 성벽은 어디인가, 성벽이 무너지는 순간 사다리를 대고 군사들이 타고 오를 위치는 어디인가. 나무기둥으로 성문을 부수고 성안으로 빠르게 침투해야 한다. 산등성이 위에 올라선 이세민이 안시성 성벽을 응시하며 생각이 깊어졌다.

양만춘과 무장들이 안시성 문루에 모여 당나라 진영을 내려다보았다. 당나라군들이 대열을 정비했고, 거대한 공성무기들이 하나 둘 배치되었다.

대장기를 든 사물은 당나라 진영과 안시성을 번갈아 바라보며 복잡한 생각에 빠져들었다. 당나라 첩자였다고는 하나 죽임을 당한 무사들은 요동성이 어떻게 함락되었는지 지켜본 이들이었다. 그들이 말한 대로 요동성이 공성무기에 무너졌다는 말은 거짓이 아닐 터였다. 사물은 예전에 당나라 포차에 대해서 들은 바가 있었다. 포차는 커다란 돌덩이를 던지는데 날아가는 거리가 무려 삼백 보나 되는 위력을 보인다고 했다. 수많은 공성무기들이 안시성을 둘러싸고 돌덩이를 날려 보낸다면 얼마나 버텨낼 수 있을까. 돌덩이를 굴려 포차 앞으로 옮기는 당나라군들을 바라보며 사물의 눈매가 깊어졌다.

그때였다. 당나라 진영에서 웅장한 뿔피리 소리가 울렸다. 울림이 메아리가 되어 안시성 앞에 펼쳐진 너른 벌판을 가득 메웠다. 당나라군 전체가 기합을 내지르며 진격을 개시했다.

대군이 동시에 함성을 외치자 천지가 진동하는 것처럼 벌판이 울렸다. 당나라군들은 안시성 성벽을 향해 나아가며 운제와 충차를 전진으로 이동시켰다.

당나라군 선두에는 빨간 갑옷을 입은 군사들이 움직였다. 당황제 이세민을 지키는 친위부대였다. 그 뒤를 이적과 이도종의 정예군이 따라 움직였고, 장손무기의 기병들도 속도를 맞췄다. 당나라 장수들을 본 사물은 피가 수런거리며 호흡이 가빠졌고, 심장이 빠르게 뛰었다. 주필산 벌판을 가득 메웠던 고구려군들의 주검이 눈앞에 덮쳐왔다. 사물은 잔상을 지워내려고 황급히 고개를 흔들었다.

얼굴이 우락부락한 아사나사이의 이민족 부대가 대열을 정비했다. 그 뒤를 따르는 당나라군들의 갑옷과 무기들이 날카롭게 빛났다. 안시성 성벽 위에는 적의 동태를 살피려는 성민들이 모여 있었다. 성민들은 눈으로 본 것을 믿지 못하는 얼굴이었다. 그 중에 몇몇이 털썩 주저앉아 넋이 나간 채 중얼거렸다. 안시성 벌판을 짓밟으며 당나라 황제와 수만의 대군이 몰려온다고. 안시성 무장들의 얼굴에서도 여유가 사라진 지 오래였다. 전투를 앞두고 불안과 두려움이 온몸을 휘감았다. 그러나 무장들은 두 다리에 힘을 주고 당나라 대군과 맞서 싸울 준비를 했다.

침묵을 깨고 활보가 입을 열었다.

"손바닥만 한 성에 잔뜩 끌고 왔구만."

"저 놈들 얼마나 될까?"

풍이 묻자 활보가 대답했다.

"이십만이 왔댔잖아. 몇 빠져도 십만은 넘겠지. 우린 겨우 오천이고."

"말도 안 되는 싸움이군. 무수한 전쟁터에 가봤지만 이런 경우는 처음이군."

대화를 듣던 추수지가 걱정스러운 목소리로 양만춘에게 물었다.

"예상은 했지만 직접 보니까 너무 많은데요? 성주, 진짜 싸울 겁니까?"

추수지가 양만춘을 바라보았다. 양만춘은 대답 대신 걸음을 옮겨 문루 끝으로 나아갔다. 추수지가 고개를 갸웃거렸다. 성첩 주변을 지키는 무장들과 성벽 밑에 모여든 성민들이 양만춘을 바라보았다. 양만춘이 숨을 깊게 들이마셨다. 눈에는 단단한 결심이 깃들어 있었다.

"당나라 군대가 오고 있다는 얘기가 들려왔을 때, 모두가 나에게 물었다. 성주는 어떻게 할 겁니까? 나는 싸울 거라고 말했다. 어쩌겠냐. 내가 물러서는 법을 배우지 못한 것을. 나는 무릎 꿇는 법을 배우지 못했고, 항복을 배우지 못했다. 내가 배운 것은 싸워야 할 때는 싸워야 한다는 것이다. 어느 놈이 나의 소중한 것을 짓밟고 빼앗으려 할 때는 목숨을 걸고 싸워야 한다. 지금이 바로 그때다. 저 뒤를 돌아봐라!"

양만춘이 팔을 번쩍 들어 성민들 뒤를 가리켰다. 촌락이 시작되는 길과 마을 언덕에 마을 사람들이 모여 있었다. 당나라 군대가 안시성을 넘어온다면, 집은 불탈 것이고 성민들에게는 무자비한 칼날이 쏟아질 터였다. 무엇보다 소중하게 아껴온 모든 것들 빼앗길 것이었다. 백발이 성한 노파와 천진한 어린 아이들까지 두려움에 사로잡힌 얼굴이었다.

"안시성 사람들! 우리에게 소중한 건 바로 저들이다. 저들을 지키기 위해 싸우자."

양만춘이 결연한 태도로 말을 이었다. 서로 어깨를 맞대고 선 군사들이 더욱 간격을 좁혔다. 두려움을 이겨내고 사지로 들어가 싸워야 할 때였다.

추수지가 앞으로 나와 무기를 치켜들었다.

"싸우자!"

군사들이 일제히 소리를 내지르며 발을 굴렀다.

"싸우자!"

무거운 정적을 찢고 안시성 가득 함성이 터져 나왔다. 수천

의 목소리가 하나의 의지가 되는 순간이었다. 안시성 군사들이 불안을 떨쳐버리려는 듯이 목청을 높였다. 그러나 오직 한사람, 사물만이 혼란스러운 심정으로 성벽에 서 있었다. 정말 이길 수 있다고 생각하는 건가. 말도 안 되는 이 전투를 기꺼이 치를 작정인가. 사물은 의지를 다지는 안시성 군사들을 위태롭게 바라보며 저도 모르게 혼잣말을 중얼거렸다.

"이건 미친 짓이야……."

주필산 전투에서 연개소문이 보낸 최정예 고구려군도 당나라군과 맞서 패배하였다. 고구려군들이 활을 쏘고 칼을 휘둘러 당나라군들을 제압하면 또 다른 당나라 부대가 뒤에서 돌아 나왔다. 싸우고 싸워도 사선을 넘기 전에 전투는 끝나지 않았다. 그런데 함성을 지르는 안시성 군사들은 연개소문의 군대에 비해 절반의 절반도 되지 않는 수였다. 사물은 절망스러웠다. 사물의 눈에 안시성은 해변에 지어진 모래성 같았다. 당황제 이세민이 이끄는 거대한 파도가 덮쳐오면 처참하게 부서질 터였다. 부서지고 휩쓸리고 나면 안시성에 깃들었던 평온한 세상은 흔적도 없이 사라져 버릴 것이었다. 사물은 온몸에 전율하는 두려움을 억누르기 위해 애썼다. 눈을 질끈 감자 어둠이 가득하였다.

당나라 진영에서 안시성 군사들의 함성을 들은 이세민의 입 꼬리가 한쪽으로 비틀어졌다. 벌레 같은 놈들이 죽음 속으로 들어가자고 의기투합을 하는 것처럼 보였다.

"제법 용기를 내는구나. 하지만 어림도 없는 일이다."

"그렇습니다, 폐하. 이 하늘 아래 이제껏 폐하의 공격을 버텨 낸 성은 단 하나도 없었습니다."

방연이 이세민의 말을 받았다.

이세민이 말에 올라타 안장을 끌어당겨 앞으로 나왔다. 산 등성이에 성벽을 기댄 안시성은 마치 산처럼 보였다. 하늘 높이 솟은 성벽 가운데 문루가 있었고, 그곳에 양만춘이 있었다.

"저자가 안시성의 성주인가?"

"그렇습니다, 폐하."

방연의 대답을 듣고, 이세민이 양만춘을 가까이 보기 위해 앞으로 나아갔다. 그때 방연이 급히 팔을 뻗어 말안장을 잡았다.

"더 나가시면 안 됩니다, 폐하. 고구려 화살의 사정거리 안 입니다."

이세민이 시선을 옮겨 주위를 둘러보았다. 붉은 색 나무들을 꽂아 표시해둔 경계선이 보였다. 이세민이 고개를 들고, 어깨를 폈다. 앞으로 말을 몰아 경계선을 너머 안시성을 향해 나아갔다. 이세민의 움직임을 발견한 안시성 궁수들이 일제히 활을 들었다. 그러자 경호부대가 이세민 주위로 방어태세를 갖추었다. 두세 겹으로 둘러싼 경호부대가 방패를 들어 올리고 칼을 치켜들어 이세민을 보호했다. 안시성 성벽 위에 선 모든 군사들이 이세민을 주시했다. 이세민은 말머리를 돌려 경호부대를 경계선 안쪽으로 되돌렸다. 이세민이 사정거리를 벗어나자 안시성 궁수들도 활시위를 풀었다.

이세민은 망루에 선 양만춘을 응시했다. 양만춘은 시선을 피하지 않고 이세민을 노려보았다. 이세민은 안시성 성주가 제 발로 문을 열고 나오지 않으리라는 것을 확신했다. 양만춘은 먼저 문을 열지 않는 대가로 무엇을 마주해야 하는지 알고 있었다. 이세민의 머릿속에는 안시성을 빠르게 함락시키고 겨울이 오기 전에 평양으로 진격해야 한다는 생각으로 가득했다. 순식간에 안시성을 넘을 수 있는 방법이 없을까. 군사들의 사기를 끌어올려 시간을 줄여야 한다. 생각을 거듭하던 이세민이 웃음기를 거두었다.

"안시성의 약탈을 허락한다! 저 안의 모든 것은 너희들 것이다. 그들의 재물을 빼앗고, 그들의 아이들을 노예로 삼아라. 그들의 여자들을 탐해도 좋다. 안시성을 넘어라! 자비는 없다. 광기로 칼을 휘둘러도 좋다. 빠르게, 가장 빠르게 안시성을 짓밟아라!"

이세민의 눈빛에 살기가 번뜩였다. 당나라군들이 일제히 함성을 내질렀다.

이세민은 당나라 장수들과 지휘소에 앉았다. 안시성을 마주보는 방향으로 열을 맞추어 서 있는 공성무기들을 살폈다. 요동성은 안시성보다 훨씬 커다란 성이었으나 평지에 성벽을 쌓아 만든 성이었다. 그리하여 대군을 활용하여 성의 사방을 둘러싸고 투석기를 배치하여 돌을 날리니 동서남북 방향으로 성벽이 부서졌다. 요동성 군사들이 부서져 내리는 성벽에 목책을 세워 방비했으나 계속 날아드는 돌 앞에 버티지 못하였다. 그러나 요동성과 달리 안시성은 산등성이를 따라 성벽을 쌓아 올린 성이었다. 평지에서 바라보면 산등성이 위에 성벽이 솟아오른 모양새였다. 평지에 쌓은 성벽보다 배나 높았으므로 투석기로 성벽을 에워싸기 어려웠다. 공성무기에 바퀴가 달렸지만 이백 명의 군사들이 밀어야 이동이 가능한 무게이기 때문이었다. 경사진 곳에 세운다면 무게에 떠밀려 뒤로 구를 것이 분명했다. 멀리서 돌을 날린다고 해도 성벽이 높아 사정거리가 나오지 않을 터였다. 방법은 하나였다. 성문이 있는 안시성 앞면을 집중적으로 공략해야 했다. 이세민이 시선을 당기며 안시성 성벽의 경사를 가늠하였다.

그때 명을 받은 군사가 신녀 시미를 데리고 왔다.

"고구려의 신녀야. 무엇을 보았느냐?"

이세민이 물었다.

시미는 갈라진 입술에 힘을 주었다. 군사가 시미를 바닥에
내치듯 밀어내었다. 시미가 속이 빈 자루처럼 바닥에 주저앉
자 당나라 무장이 목에 칼을 겨누었다. 어서 말하지 못할까.
험악하게 구긴 인상과 목에 느껴지는 쇠의 비릿한 감촉이 대
신 말하였다.

"결국……, 안시성을 넘게 되겠지요."

시미가 떨리는 목소리로 대답했다. 옆에서 말을 들은 통역
관이 이세민에게 내용을 전했다. 전략이 틀리지 않을 모양이
다. 이세민이 흡족한 얼굴로 미소를 지으며 군사들이 배치된
너른 벌판을 시원하게 훑었다. 불쑥 시미가 말을 보탰다.

"하지만, 그날이 오늘은 아닐 것입니다."

먼저 말을 이해한 통역이 흠칫했다. 난감한 목소리로 이세
민에게 말을 전하니 이세민이 미소를 거두고 싸늘한 목소리로
말했다.

"너희 신은 진실을 보여주지 않는구나."

이세민이 부복애를 향해 시선을 돌렸다.

"시작하라."

부복애가 목례를 하고 돌아서서 군사들을 향해 소리쳤다.

"투석기 전진!"

군사들이 투석기 삼면을 둘러싸고 바퀴를 굴려 나아갔다. 돌을 담는 부분이 지렛대 모양으로 연결된 무기였다. 시미는 투석기가 향하는 곳에 서 있는 안시성을 바라보았다. 성벽이 무너지는 환영이 눈앞에 덮쳐왔다. 시미가 미간을 찡그리며 입술을 파르르 떨었다.

성주만 믿고 여기까지 왔습니다

8. 물러나는 자는
목을 베라

안시성에 북소리가 울렸다. 654년, 보장왕 4년의 일이었다.

군사들이 각자 위치로 일사분란하게 움직이고, 성민들은 촌락으로 돌아가 방비를 했다. 성벽에서 적진을 살피던 추수지가 전진에 배치되는 투석기를 보고 양만춘에게 말했다.

"저 정도라면 삼백 근짜리 돌도 날릴 수 있겠습니다."

양만춘은 대답하지 않았다. 투석기가 이동하는 경로를 보아 평지와 맞닿은 안시성 성벽을 포위하려는 모양이었다. 돌이 날아오는 사정거리 안으로 성벽이 좁혀지고 있었다. 성첩에 오른 군사들은 공격에 대응하기 위해 담장 뒤로 몸을 숨겼다. 담장은 외부 공격을 방어하고 작은 틈 사이로 시야를 확보하기 위해 만든 여장이었다. 성 아래 남아있는 병사들은 벽에 바짝 몸을 붙여 성을 넘어 날아오는 돌덩이에 대비했다.

안시성을 마주보며 일렬로 투석기들이 늘어섰다. 투석기 하나에 이백이 넘는 당나라군들이 달라붙어 움직였고, 연결된 밧줄을 손에 쥔 상태였다. 수저 모양으로 가운데가 둥글게 패인 동그란 받침에 돌덩이를 올려놓자 남은 당나라군들도 틈새에 파고들어 줄을 쥐고 대기하였다.

준비가 끝나자 이세민이 외쳤다.

"쏴라!"

투석기를 움직이는 수천 명의 당나라군들이 일제히 구호를 내질렀다. 땅을 디딘 두 다리에 힘을 주고 버티며 줄을 뒤로 잡아당겼다. 줄에 전달된 힘이 받침 부분을 움직이며 반대 방향으로 튕겨내었다. 그 힘에 반동을 얻은 돌덩이가 허공으로 날아가며 커다란 포물선을 그렸다. 허공을 가르고 날아가는 소리가 위협적으로 퍼져나갔다. 쾅, 굉음을 내며 성벽에 돌덩이가 부딪쳤다. 돌덩이가 날아온 성벽이 와지끈 부서져 내렸다.

여장 뒤에 몸을 숨기고 있었던 안시성 군사들이 재빨리 뒤로 몸을 물렸다. 여장이 무너지고 그 자리 위로 다시 돌덩이가 날아와 성벽을 부셨다. 방어벽이 깨져나가면서 성벽은 마치 이가 나간 접시처럼 균열이 생겼다. 연달아 돌덩이가 날아오자 안시성 군사들이 세운 방어선이 흐트러졌다. 사람이라면 화살을 쏘고 칼을 휘두르겠지만 돌덩이가 날아오니 대책이 없었다. 그저 성이 무너지지 않고 버티기를 바라며 날아오는 돌에 맞아죽지 않도록 몸을 피하는 수밖에 없었다.

조각난 성벽이 아래로 떨어졌다. 조각이라 해도 성벽이므로 작은 돌덩이들이 머리 위로 쏟아져 내리는 꼴이었다. 아래에서 상황을 지켜보던 군사들이 비명을 질렀다. 속도가 붙은 성벽 조각에 살이 찢기고 머리가 깨져 피가 흘렀다. 성벽을 따라 사방에서 크고 작은 돌덩이들과 돌가루가 뒤섞여 비처럼 쏟아졌다. 군사들이 머리 위로 방패를 들어 방어했으나 돌비가 그치지 않았다. 성벽을 쳐대는 돌덩이가 계속 날아들었다.

성문을 마주보고 있는 투석기는 문루를 표적으로 삼았다. 공격이 이루어질 때마다 문루 지붕의 기왓장이 와장창 깨져나갔다. 두 번, 세 번, 연이은 공격에 지붕을 받친 기둥이 부서지고, 서까래가 무너져 내렸다. 양만춘은 두 발을 딛고 문루에서 물러나지 않았다.

포물선을 크게 그린 돌덩이들은 성벽을 넘어 안으로 떨어졌다. 아래에서 방비를 하던 군사들 눈앞에 집채만 한 돌이 꽝음과 함께 처박혔다. 부서지고 깨져나가는 안시성은 충격에 흔들렸고, 연기에 휩싸인 것처럼 흙먼지가 자욱했다. 틈새가 생긴 성벽이 무너져 내리기 시작했다. 성벽을 이루는 돌들이 산사태가 난 것처럼 굴러 떨어졌다.

상황을 지켜보던 이세민이 자리에서 벌떡 일어나 뿌연 먼지에 가려진 안시성을 보았다. 취약한 부분이 생겨나자 당나라 군들이 투석기 방향을 돌려 그 위에 충격을 보탰다. 한 곳만 무너지면 당나라군들이 쏟아져 들어갈 것이다. 둑에 균열이 생기면 틈새가 벌어질 것이고, 그것은 결국 둑을 무너뜨릴 것이다. 이세민의 얼굴엔 벌써 안시성을 함락시킨 것 마냥 승리의 환희가 번졌다. 돌덩이가 성벽을 쳐서 깨부순 자리에서 파편들이 떨어져 내렸고, 그 위로 돌덩이가 떨어져 그 파편을 가루로 만들었다. 벌레가 잎을 갉아먹으며 자리를 넓혀가듯 부서진 자리가 깊어졌다.

이세민은 공격을 멈추고 짙은 안개처럼 자욱한 흙먼지가 사라지길 기다렸다. 무너진 성벽을 지나 안시성 안으로 진격을 명하기 위해서였다. 적막이 흐르는 사이 허공을 돌던 먼지들이 바람에 쓸려 사라졌다. 이세민의 시선은 기대로 가득했다. 그러나 시야가 선명해지자 예상과는 달리 흙으로 지어진 성벽이 드러났다. 무너뜨린 성벽 안에 덧대어 토벽이 세워져 있던 것이었다. 이세민이 눈썹을 움찔거리며 미간을 일그러뜨렸다. 눈길을 돌려 성벽의 다른 부분들을 확인했다. 무너진 곳에는 모두 토벽이 드러나 있었다.

"왜 성이 아직 그대로인 것인가?"

이세민이 물음에 옆을 지키던 방연이 놀란 얼굴로 대답했다.

"폐하, 저 성의 외벽은 돌이지만, 내벽은 흙으로 되어 있는 듯합니다. 그래서 돌이 무너져도 성벽 자체는 무너지지 않는 것 같습니다."

이세민은 속에서 열이 끓었다. 이제까지 공격했던 무수한 성들이 공성무기 앞에서 무너졌는데 저 작은 성 하나가 저리 멀쩡하단 말인가. 안시성 군사들을 독 안에 든 쥐로 생각하였으나 독이 깨지지 않으니 무슨 소용인가.

이세민이 이를 갈며 명령했다.

"그렇다면 바로 안시성을 넘는다."

방연이 신호를 보냈다. 군사들이 뿔 모양의 긴 나팔을 불었다.

투석기 뒤에 대기하고 있던 운제 수십 대와 충차가 앞으로 나아갔다. 투석기들은 일제히 공격을 멈추었고, 이적의 지휘에 따라 군사들이 대열을 갖추었다. 이적이 말을 당겨 말머리를 들어 올리며 칼을 높이 세웠다.

"진격하라!"

신호가 울리자 십만 대군이 함성을 외치며 앞으로 진격하였다. 바퀴가 달린 수레에 긴 사다리가 달린 운제가 군사들과 함께 이동하였다. 거대한 강물에 물줄기가 흐르는 것처럼 안시성 벌판을 지나 성문 앞으로 당나라군들이 몰려갔다.

성벽 위에 선 양만춘은 개미떼처럼 몰려드는 당나라 대군을 보며 온몸에 바짝 힘이 들어갔다. 먼저 십자궁을 든 군사들에게 장전 신호를 주고 대기시켰다. 십자궁은 활과 달리 위력이 세고 표적을 맞추는 정확도가 높았다. 성벽 밑으로 몰려드는 당나라군들을 방어하려면 활보다 십자궁이 먼저였다. 그러나 발사 각도가 자유롭지 못하고 화살을 장전하는데 시간이 걸리므로 첫 발에서 제대로 위력을 발휘해야 했다. 양만춘이 눈가에 힘을 주며 생각했다. 한 번의 공격이 신중하다. 허튼 시도가 없어야 한다. 사정거리를 가늠하기 위해 시선을 크게 두자 벌판을 뒤덮는 검은 그림자가 보였다. 안시성을 향해 당나라 대군이 파도처럼 밀려오는 순간이었다. 심장이 뛰며 온몸에 피가 세차게 돌았다.

"쏴라!"

양만춘이 핏대를 세우며 공격을 명했다.

십자궁에 장전된 화살이 허공을 찢고 빠르게 날아갔다. 바람을 가르고 순식간에 내리꽂힌 화살이 앞으로 달려온 당나라군들의 몸에 박혔다. 피가 터지고 비명이 들렸지만, 뒤이어 나온 군사들에게 뒤덮여 금세 사라졌다. 쓰러진 군사들을 밟고 넘으며 다시 군사들이 밀려왔다. 파도가 하얀 거품을 내며 부서지면 그 자리로 또다시 파도가 밀려오는 것 같았다.

신호에 맞춰 활시위를 바짝 당긴 안시성 궁수들이 화살을 날렸다. 화살들이 허공에 빗금을 그으며 당나라군들 머리 위로 장대비처럼 떨어졌다. 당나라군들이 방패를 들어 날카로운 비를 막았다. 화살의 목적지는 두서가 없었다. 방패 위로 꽂히거나, 갑옷을 파고들거나 살 속에 박혔다. 당나라군들이 날아오는 화살에 뒷걸음질을 쳤다. 눈동자에 두려움이 가득했고, 온몸이 굳어 움찔거렸다.

당나라 장수 이적이 부하들을 향해 소리쳤다.

"물러나는 자는 목을 베라!"

이적을 따르는 부대장들이 뒷걸음질 치는 당나라군을 향해 맥도를 휘둘렀다. 맥도는 무게가 십오 근이나 되는 무기로 위력이 막강했다. 맥도에 맞은 군사의 얼굴이 서까래 무너지는 소리를 내며 부서졌다. 성벽에서 쏟아지는 화살에 머뭇거리던 당나라군들이 숨을 들이마셨다. 앞으로 가면 화살을 맞았고, 뒤로 가면 칼을 받았다. 당나라군들은 방패를 들어 얼굴을 가린 채 앞으로 나아갔다.

안장에 자리 잡은 안시성 궁수들은 노와 화살을 재우고 시위를 당겼다. 활시위를 거는 손가락이 찢겨 피가 흘렀으나 잠시도 공격을 멈추지 않았다. 당나라군들은 화살을 맞고 쓰러진 아군을 넘어 성벽을 향해 전진하였다. 비처럼 쏟아지는 화살 속으로 전진하는 당나라 대군의 발길이 끝이 없었다.

성벽 가까이 당도한 당나라군들이 운제를 밀어 붙였다. 그리고 기다란 사다리를 기울여 성벽 위로 통하는 길을 만들고, 성벽을 오르기 시작하였다. 성벽 위에서 그 모습을 발견한 안시성 궁수들이 옆으로 물러나고 창과 장대를 든 군사들이 자리를 채웠다. 높이 오른 적들을 창으로 찍어 내려 성벽 아래로 떨어뜨리기 위해서였다. 성벽을 오르던 당나라군이 창에 찔려

추락하면 다른 당나라군이 뒤이어 성벽을 올랐고, 그 군사가 발을 헛디디면 다른 군사가 제대로 발을 딛고 올라갔다. 당나라군들은 방패로 머리를 방비하며 필사적으로 성벽을 넘고자 했다.

안시성 군사들은 준비해둔 야차뢰를 움직여 조준하였다. 원통이 묶여있던 밧줄을 풀자 외벽을 가장 높이 오르던 당나라군들이 나무원통에 박힌 철못에 맞고 머리통이 깨졌다. 당나

라 군사 서너 명이 중심을 잃고 무너지자 뒤따라 오르던 군사들까지 뒤엉켜 추락했다. 이어 군사들이 낭아박의 손잡이를 움직여 도르래를 조정하였다. 두꺼운 나무합판을 풀어 당나라군들 위로 떨어뜨리니 합판에 박혀있던 이천여 개의 철못이 당나라군의 몸을 짓눌렀다. 철못은 깊이 박혀 살을 찢고 뼈를 부러트렸다. 또한 군사들은 쉬지 않고 가마솥에 끓인 뜨거운 물을 붓고 돌덩이를 던졌다. 이에 성벽에 붙어 기어오르던 당

나라군들이 마른 낙엽처럼 아래로 떨어졌다.

부하들이 성벽을 넘지 못하자 당나라 장수 이적이 충차를 이끌어 성문에 붙였다. 충차에는 끝을 뾰족하게 깎은 통나무인 공성퇴가 매달려 있었다. 이적이 손을 들어 신호를 보내자 군사들이 통나무를 잡아 당겼다가 힘껏 밀어 성문에 부딪쳤다.

성벽에서 안시성 군사가 충차가 이동하는 상황을 안시성 무장에게 전달하였다. 공성퇴가 성문을 깨부술 것을 방비하기

위해 성문 안쪽에서 군사들이 일사분란하게 움직였다. 깊고
무겁게 박은 기둥을 지지대 삼아 성문이 버티도록 하려고 나
무기둥을 끌어다 쐐기를 박았다. 쿵, 쿵, 쿵. 굉음이 울리며 반
동이 실린 공성퇴가 성문에 연달아 충격을 가하였다. 성문이
진동하며 흔들렸고, 나무기둥이 들썩거렸다.

성벽 위에서 안시성 궁수들이 운제를 향해 쉴 새 없이 화살
을 쏘아댔다. 공성퇴를 밀어 움직이는 당나라군들을 목표로

뜨거운 물을 퍼붓거나 불붙은 나뭇가지를 집어던지는 이도 있었다. 나무로 만든 공성무기와 당나라군들의 팔다리에 불이 옮겨 붙었다. 당나라군이 고통으로 몸을 비틀었다. 그러나 그 군사들 뒤로 밀물처럼 밀려든 당나라군들이 끊임없이 성벽에 달라붙어 깨지고 부서진 운제 사다리를 밟고 뛰어올랐다. 낭아박 줄이 도르래에 다시 감기는 틈을 노려 성벽 위로 올라서기 위해서였다.

가까스로 길을 낸 사다리를 타고 수많은 당나라군들이 올라왔다. 안시성 군사들은 성곽에 오른 당나라군들과 맞서 싸우다 사다리에서 밀려나기 시작했다. 성벽에 오른 당나라군이 반대편에서 날아온 창에 가슴이 뚫리는 사이, 다른 당나라군이 안시성 군사의 목을 베었다.

마로는 무너진 성벽에서 떨어진 화살을 줍기 위해 팔을 뻗었다. 그때 뒤에서 당나라군의 칼이 날아들었고, 마로의 다리를 깊게 베고 지나갔다. 마로가 비명을 지르며 극심한 고통에 몸부림을 쳤다. 다리를 베어 마로를 쓰러뜨린 당나라군이 머리 뒤로 칼을 휘둘러 마로의 숨통을 끊으려 하였다. 허공을 가르는 칼에 속도가 붙으려는 찰나 뒤에서 날아온 기다란 창이 당나라군의 몸통을 꿰뚫었다. 당나라군은 단발마의 비명도 내지르지 못하고 그 자리에 엎어졌다.

"마로야! 괜찮니?"

동료 군사가 달려와 피가 흘러내리는 마로의 다리를 살폈다. 얼굴이 새하얗게 질린 마로가 고개를 들었다. 그때 눈앞에 보인 것은 자신의 다리를 보는 동료 군사 뒤로 태양을 등지고 선 당나라군이었다. 비릿한 웃음을 지으며 칼날을 휘두르자 동료 군사의 목이 단칼에 잘려나갔다. 겁에 질린 마로가 엉덩이를 당겨 동료 군사의 시체로부터 물러났다. 당나라군은 부상당한 마로를 놓치지 않고 다가왔다. 마로의 심장을 향해 칼을 내리꽂는 순간, 바람을 찢는 소리와 함께 한 발의 화살이 날아와 당나라군의 관자놀이에 박혔다. 불시에 습격을 당한 당나라군의 눈자위에 붉은 피가 번졌다. 마로가 쓰러지는 당나라군을 보고 기함을 했다. 화살이 날아든 방향을 찾아 고개를 드니 그곳에 양만춘이 서 있었다. 양만춘은 활시위를 내리기 무섭게 다시 활을 먹이고 시위를 당겼다. 빗발치는 화살을 뚫고 당나라군들이 계속 밀려들었다.

성벽을 경계로 벌어지는 치열한 전투를 바라보며, 파소 부대는 자리를 지키고 움직이지 않았다. 백하 부대 역시 마찬가지였다. 백하를 따르는 부하대원 달래가 초조한 얼굴로 물었다.

"아가씨. 가서 도와야 하는 거 아녜요?"

"우린 성주의 명령에 의해서만 움직인다."

백하가 단호하게 대답했다.

동료 군사들이 눈앞에서 비명을 지르며 죽어 가는데 가만히 지켜보고만 있는 것은 고역이었다. 그러나 성주의 전략이 있을 것이니 멋대로 움직여서는 안 된다. 백하는 마음속으로 혼잣말을 하며 심호흡을 했다. 성벽 위에서 수를 늘리는 당나라군들을 노려보며 지그시 입술을 깨물었다.

성첩을 지키던 추수지는 창을 휘둘러 성벽을 넘어온 당나라 군사 서너 명을 일시에 베어내었다. 사다리를 타고 오르는 군사들을 창끝으로 찔러 넣어 한 번에 대여섯을 꿰뚫기도 했다. 그러나 당나라군의 수는 끝이 없었고, 시선을 멀리 훑으면 성벽 너머로 벌판을 가득 메운 당나라군들이 보였다. 추수지는 적의 몸에 찔러 넣은 창을 다시 빼내며 거친 숨을 내쉬었다. 호흡이 턱까지 차올랐고 이마에서 비 오듯 땀이 쏟아졌다. 사방에서 튀어 오른 피를 손등으로 훔치며 팔다리가 잘린 시체들 속에서 정신이 아득해지기도 했다. 그러나 숨을 고를 새도 없이 당나라군들이 운제를 타고 올라왔다.

'성벽 안으로는 한 발자국도 못 넘을 것이다.'

추수지는 독기가 서린 얼굴로 달려가 성안으로 내려가려는 당나라 군사의 배에 창을 꽂았다. 당나라 군사가 그 자리에 무릎을 꿇고 주저앉았다. 추수지가 그대로 창을 돌려 성벽 밖으로 당나라 군사를 떨어뜨리자 올라오던 군사들과 부딪치고 뒤엉켜 바닥으로 처박혔다. 땅에 떨어져 머리가 깨진 군사들을 밟고 또 다른 군사들이 사다리를 타고 올랐다.

성벽을 수비하는 안시성 군사들 중에는 환도수장 풍과 부월수장 활보가 있었다. 풍은 칼을 쳐대며 적들을 쓰러뜨렸고, 활보는 도끼를 날려 적들의 머리통을 쪼겠다. 풍이 당나라군들의 다리를 향해 칼을 휘둘러 앞으로 몸이 쏟아지게 하고 급소를 찔러 숨을 끊었다. 그리고 팔을 뒤로 뻗어 거리를 확보하고 틈새를 노려 칼날을 밀어 넣었다. 활보는 도끼가 짧아 칼이 먼저 들어오려고 하면 적의 몸을 표적삼아 도끼를 날렸다. 적이 급소를 맞고 쓰러지면 달려가 도끼를 빼내어 다시 반대로 휘둘렀다. 활보는 이빨을 드러내고 달려들어 먹이의 목덜미를 물어뜯는 짐승처럼 싸웠다. 당나라군 무리 속에 뛰어들어 도끼날을 휘두르고, 뼈를 부시고 목을 그었다. 칼이 들어오면 짧고 굵은 도끼날로 세게 부딪쳐 칼날을 부러뜨렸다. 당나라 군사가 힘에 놀라 뒷걸음질 치면 사정없이 몸을 베었다.

"계속 가라. 계속 가!"

성문 근처에서 당나라 군대를 지휘하던 장수 이도종이 말을 타고 성벽을 따라 움직였다. 당나라군들이 발아래에 쓰러진 동료들의 시신을 밟고 앞으로 나아갔다. 뒤에서 밀고 올라오는 대군에 떠밀려 다시 돌아갈 수도 없었다. 당나라 대군이 거대한 물살처럼 밀려와 성벽을 넘으려 하였으나 안시성 군사들은 필사적으로 물줄기를 막아내고 있었다.

당나라 진영에서 안시성을 바라보는 이세민의 시선은 깊고 어두웠다. 성문은 부서지지 않았고, 평지와 닿은 성벽은 토벽이 세워져 있었다. 시간은 계속 가고 있는데 성안을 넘지 못하니 뾰족한 수가 필요했다.

이세민이 고심 끝에 입을 열었다.

"아사나사이, 오른쪽을 공격하라."

이세민의 명을 받은 아사나사이의 이민족 군대가 성벽 오른쪽을 향해 달려갔다. 외사다리를 들고 중앙에 비해 상대적으로 틈이 보이는 오른쪽 성벽을 오르기 시작하였다. 그곳은 성벽이 경사가 있어 바퀴가 달린 운제를 대기가 어려운 곳이었다. 이민족 군대들은 직접 외사다리를 들고 옮겨 경사면에 기대었다. 그리고 날렵한 동작으로 나무를 타고 오르듯 사다리를 오르기 시작했다.

안시성 성벽에 당나라군들의 수가 빠르게 늘어났다. 이상한 낌새를 눈치 챈 양만춘이 문루로 이동하여 성곽을 따라 전체를 훑었다. 아사나사이의 이민족 군대가 올라와 성곽 오른편을 차지하고 있었다. 안시성 군사들이 중앙으로 밀려나오면서 칼을 맞고 성 밑으로 굴러 떨어졌다. 이민족 군대가 당나라군들에게 길을 터주려 하고 있었다.

양만춘이 대기하던 백하 부대를 향해 소리를 내질렀다.

"백하!"

신호를 알아챈 백하가 부하들을 향해 외쳤다.

"가자!"

백하의 군사들이 일사분란하게 움직여 이민족 군대가 넘어오는 성벽을 둘러싸고 대열을 갖추었다. 백하가 손을 뻗어 신호를 보내자 부대원들이 동시에 쇠뇌를 들었다. 쇠뇌 틀 위에 활을 올려 앞부분에 밀착시켰고, 뒷부분에 시위를 걸어 조준하였다.

"발사!"

이백이 넘는 부대원들이 쇠뇌를 날렸다. 짧고 강한 화살이 직선으로 날아가 아사나사이의 군사들 몸에 박혔다. 고슴도치처럼 온몸에 화살을 꽂힌 이민족 군사들이 신음을 흘리며 쓰러졌다.

양만춘 뒤에서 대장기를 흔들던 사물은 혀를 내둘렀다. 안시성의 모든 군사들이 거대한 모래바람처럼 밀려오는 당나라 대군에 맞서 각자의 자리를 필사적으로 지켜내고 있었다. 당나라군을 마주하는 눈빛에 두려움은 보이지 않았다. 성주의 명을 기다리고 철저하게 움직여 빠르게 적을 섬멸하고 끝까지 싸워나가는 것. 그것에만 온전히 집중하고 있었다.

"친위대, 왼쪽을 공략하라!"

안시성 성곽의 오른편을 장악해나가던 이민족 군대가 밀려나자 이세민은 왼편으로 친위대를 보냈다. 친위대가 대열을 바꾸어 왼쪽 경사에 올랐다. 그리고 사다리 끝에 군사를 매달고 아래에서 수십 명의 군사들이 사다리를 들어 올려 바로 성벽 위로 군사를 올렸다. 사다리를 움직여 들어 올릴 때마다 당나라 군사가 성벽 위로 올라서며 수세를 불렸다. 양만춘은 왼편을 방어하기 위해 반대편에 대기하던 파소의 부대를 보냈다. 파소의 기병들이 성곽을 타고 달려가 당나라군들을 창으로 쓸어버리며 당황제의 친위대에 맞서 싸웠다. 성안쪽에서 대기하던 안시성 부대가 합류하여 힘을 보탰다.

이세민은 정면 돌파를 위해 충차를 움직였다. 성문을 부수는 동안 안시성 군사들이 내던진 돌덩이를 맞고 깨졌던 충차를 치우고, 통나무에 강철을 씌운 파성추를 성문에 붙였다. 당나라군들이 파성추를 당겼다가 세게 밀며 파열이 생긴 부분에 집중적으로 충격을 가했다. 강철이 성문에 부딪칠 때마다 성문이 크게 흔들리며 굉음이 일었다. 성문이 조금씩 휘어지면서 사방으로 파편이 튀었다.

상황을 지켜보던 방연이 이세민에게 고했다.

"폐하. 성문이 부서질 것 같습니다."

이세민은 충차 공격에 박차를 가하였다. 안시성의 높은 성벽을 오르지 못한다면 문을 부수고 쏟아져 들어갈 작정이었다. 당나라군들이 파성추를 밀어 공격을 해대자 성문 허리가 휘기 시작하다가 와지끈 소리를 내며 무너졌다.

순간 이세민이 자리에서 일어나 눈을 크게 뜨고 성문을 주시했다.

"성문을 부수었다!"

당나라군들이 충차를 두고 성문으로 몰렸다.

문루에서 성문을 내려다보던 사물이 급히 양만춘에게 보고하였다.

"성문이 부서졌습니다."

양만춘은 당나라군들의 움직임을 살피며 대답했다.

"성문은 뚫리지 않는다."

사물이 문루 앞으로 몸을 기울여 성문을 바라보았다. 우르르 몰려오는 당나라군들은 보였으나 성문 안으로 들어온 당나라군들은 보이지 않았다.

파성추를 밀어붙이던 당나라군들은 부서진 성문을 넘어 앞으로 나아갔다. 그러나 성문 안에는 안시성으로 향하는 길이 아니라 날카롭게 깎은 나무기둥을 이어 만든 목책이 있었다.
또 다른 성문이 하나 더 세워져 있던 것이었다. 당나라군들이
힘으로 목책을 밀어 넘어뜨리려는 찰나 거대한 나무문이 내려
와 들어온 입구를 차단하였다. 목책과 다시 내려온 성문 사이
에 꼼짝없이 갇힌 당나라군들이 아우성을 쳤다. 안시성 군사
들이 그때를 놓치지 않고 목책 사이로 창을 찔러 넣었다. 철장
안에 갇힌 새처럼 발이 묶인 당나라군들이 오도 가도 못하고
칼과 화살을 받으며 그 자리에 모두 쓰러졌다. 성문과 목책 사
이로 당나라군들의 피가 흘러나왔다.

양만춘은 굳건하게 닫힌 성문을 확인하고 성벽 위에 군사
들에게 외쳤다.

"지금이다. 장창! 밀집대형!"

안시성 군사들이 재빠르게 모여들어 대열을 갖추고 밀집했
다. 일시에 창을 세워 당나라군들을 향해 날을 세우니 바다
위를 떠다니는 철갑선 같았다. 밀집대형을 갖춘 안시성 군사
들이 당황하는 당나라군들을 향해 달려들어 심장을 찌르고
몸통을 베어내며 지나갔다. 지나간 자리에 당나라군들의 팔
다리가 나뒹굴었다. 사색이 된 당나라군이 온몸을 벌벌 떨었
다. 안시성 군사들이 대형을 갖추고 다시 목표를 향해 창을 겨
누자 겁에 질린 당나라군 몇몇이 스스로 성 밖을 향해 몸을

내던졌다. 밀집 대형을 만든 안시성 군사들이 단단한 동작으로 성벽을 따라 움직였다. 적을 쓸어내는 동작에 거침이 없었다.

"노포를 쏴라."

양만춘이 공성무기를 물리치기 위해 명령을 내렸다.

노포를 움직였던 안시성 군사들이 대형 노에 매달려 있는 줄을 조정하였다. 운제를 향해 발사하자 대형 노살이 운제에 날아가 박히며 충차를 지지하던 나무살을 우지끈 부러뜨렸다. 당나라군들이 노살을 제거하기 위해 운제를 잡아당기자 중심이 무너진 운제가 옆으로 쓰러지며 나뒹굴었다.

상황을 지켜보던 이세민의 얼굴이 어두워졌다. 대군을 보내어 작은 성을 가뿐하게 넘어가리라 생각했으나 누구 하나 안시성을 넘은 자가 없었다. 성문 앞에 모여든 당나라군들은 방패를 올려 날아오는 화살을 가까스로 막을 뿐 앞으로 나아가지 못했고 뒤로 돌아가지도 못하였다. 성벽을 오른 군사들은 창에 찔려 죽고 화살받이가 되어 죽었다. 공성무기들도 바닥에 처박혀 있거나 다리가 부서져 제 역할을 하지 못하는 신세였다. 시간이 지날수록 성곽을 밟지도 못하고 성벽 아래서 죽어가는 군사들이 늘어갔다. 당나라군들의 시신을 한곳에 모아 쌓으면 성벽 높이가 될 지경이었다. 이세민은 서산 너머로 저무는 해를 바라보며 불편한 신음을 내뱉었다. 석양에 물든 하늘보다 안시성 성벽이 당나라군들의 피로 더 붉게 물들었다. 이세민은 가슴을 찌르는 괴로움을 느꼈다. 처참한 광경에 당나라 장수들도 할 말을 찾지 못하였다. 화가 치밀어 오른 이세민이 바르르 떨리는 손을 높이 들었다. 퇴각을 알리는 나팔이 안시성 벌판에 울렸다.

당나라군들이 몸을 돌려 당나라 진영을 향해 달리기 시작했다. 등 뒤로 날아오는 화살을 피해 전력으로 도망쳤다. 안시성 군사들은 후퇴하는 당나라군들을 보며 가쁜 숨을 몰아쉬었다. 다리에 힘이 풀려 그 자리에 털썩 주저앉은 군사들의 얼굴에는 피와 흙먼지가 뒤엉켜 있었다.

사물은 여기저기 깨어져 나간 망루에 탈진해 있는 장수들과 기수들을 바라보았다. 도저히 믿을 수 없는 광경이었다. 주필산 전투에서 무수한 고구려군들도 당나라 대군을 막아내지 못하였다. 그런데 이 작은 성 하나가 당나라 대군에 맞서 승리를 거둔 것이다. 전쟁이 끝난 것은 아니었지만 사물의 예상을 뒤엎는 안시성 군사들의 전투력이 실로 놀라웠다.

사물은 자신이 죽을 것이라 생각하고 대장기를 쥐었다. 그러나 살아서 안시성의 승리를 보고 있었다. 사물은 목덜미를 조이던 긴장감이 점차 풀어지는 것을 느꼈다. 문득 성벽의 잔해 속에 서 있는 양만춘이 눈에 들어왔다. 양만춘은 아직 전투가 끝나지 않은 사람처럼 흐트러지지 않은 자세로 당나라 진영을 주시했다. 문루에서 뻗어나가는 시선이 깊고 넓었다. 미간이 굳어 지친 기색이었으나 다음 공격에 대비할 방도를 찾는 일에 골몰하는 표정이었다. 사물은 헛웃음이 흘렀다. 양만춘이라는 자를 도무지 알 수가 없었다.

"이겼다! 우리가 이겼어! 고구려군 만세! 만세!"

대피소에서 성민들이 쏟아져 나오며 기쁨에 겨운 함성을 질렀다. 전투가 끝났다는 것을 깨달은 안시성 군사들이 하나둘 무기를 놓았다. 활시위를 당기던 궁수들은 손가락이 찢어져 피범벅이 되어 있었고, 창과 칼을 들었던 군사들의 손도 살갗이 짓물러 있었다. 깊은 숨을 토해내는 군사들의 얼굴마다 땀과 피가 뭉쳐있었다.

백하는 안시성을 둘러보며 부상을 당한 군사들을 확인하였다. 오른편 성곽을 막아내던 군사들에게 치명적인 상처가 많았다. 깨어진 성벽을 확인하고 부대를 정비하기 위해 돌아가려던 백하는 문득 파소와 마주쳤다. 백하가 재빨리 시선을 훑으며 파소가 무사한지 확인했다. 파소가 입가에 미소를 띠며 달려와 백하를 안아주었다. 승리를 기뻐하는 백하와 파소 가까이 양만춘이 걸어왔다. 백하가 눈치를 보며 슬그머니 몸을 빼

내었다. 파소가 멋쩍은 얼굴로 양만춘을 보고 가볍게 목례를

했다. 양만춘이 체념한 표정으로 한숨을 푹 내쉬었다.

　양만춘 곁으로 모여든 안시성 무장들은 상기된 얼굴이었다.

무장들의 시선을 느낀 양만춘이 입을 열었다.

　"무엇이냐. 그 표정들은."

　"당나라 놈들이 물러갔습니다."

　풍이 활기가 도는 말투로 말했다.

　"그들이 물러간 게 아니다. 우리가 물리친 것이다."

　양만춘이 단호하게 대답했다. 활보가 입꼬리를 올리며 응수

했다.

　"그렇지. 우리가 물리친 거지."

양만춘은 쾌활하게 웃는 안시성 무장들을 바라보며 가슴이 벅차올랐다. 그러나 이내 감정을 누르며 마른침을 삼켰다. 다음 전투는 이번 전투보다 더 어려워질 것이고, 더 참담해질 것이라는 예감이 스쳤다. 이제부터는 안시성과 싸워본 당황제 이세민의 공격에 대비해야 했다.

　"무엇들 하고 있어. 서둘러 사상자들을 수습하고 정비를 실시해라!"

　양만춘이 스스로 채찍질을 하듯 소리를 내질렀다.

　"예!"

　대답과 함께 무장들이 일사분란하게 흩어졌다.

저희가 기습을 거행하겠습니다

9. 너는 이길 수 있을 때만
싸우느냐?

당나라 황제의 막사에는 장수들이 무릎을 꿇고 앉아 있었다. 참혹한 패배에 그 누구도 감히 입을 열지 못했다.

"오늘의 공격은 일거에 승리를 얻어야만 했다. 그런데 이게 도대체 어떻게 된 것이냐? 어째서 우리가 저 작은 성 하나를 빼앗지 못한 것이냐?"

이세민이 자리를 박자고 일어나 분노했다. 얼굴이 붉어지면서 목에 핏대가 섰다. 장수들은 이마가 바닥에 닿을 때까지 고개를 숙였다.

"이게 어떻게 된 일이냔 말이다. 어떻게!"

이세민이 장수들을 다그치며 물었다.

"폐하, 죽여주시옵소서."

장수들이 일제히 비통한 목소리로 대답했다. 이세민은 패배를 받아들이기 어려웠다. 무거운 한숨을 내쉬며 자리에 앉아 그늘이 짙은 얼굴로 신음하였다.

"두 번은 안 된다. 그건 이 황제의 자존심이 허락할 수 없는 일이다. 더 이상 여기서 시간을 지체할 수는 없다. 우리는 당장 평양성으로 가야만 한다. 독수리는 쥐를 잡을 때에도 힘을 아끼지 않는다고 했다. 총력을 쏟아 부어라. 어떤 일이 있어도 반드시 안시성을 차지한다."

이세민이 장수들을 쏘아보며 말했다.

"예, 폐하!"

장수들이 대답을 하며 몸을 떨었다. 수십 대의 공성무기로도 성벽을 부수지 못했고, 대군을 이끌고도 작은 성 하나를 넘지 못했다. 치욕스러운 패배였다. 이세민은 장수들을 물리고 깊은 고민에 빠졌다. 황제의 막사에는 새벽이 밝을 때까지 불빛이 사라지지 않았다.

날이 저물고 안시성에 밤이 깊었다. 부상당한 안시성 군사들이 한데 모여 누워있었다. 여인들이 분주하게 부상병들을 오가며 상처를 살폈다. 피를 닦아내고 천으로 동여매고 약을 발랐다. 칼날이 지나간 부위를 힘껏 압박할 때나 부러진 화살을 뽑아낼 때마다 괴로운 신음이 새어나왔다.

멀리서 다우가 달려와 부상병들 사이를 오가며 얼굴을 확인했다. 하얗게 질린 다우는 두려운 기색이 역력했다. 귀신에 홀린 사람처럼 창백한 얼굴로 부상병들을 확인하고 실망하기를 반복했다. 그때 등 뒤에서 누군가 다우의 이름을 불렀다. 다우는 제 이름을 듣고 놀란 짐승처럼 벌떡 일어나 뒤를 돌아보았다. 소리가 들려온 곳에는 마로가 주저앉아 허벅지를 천으로 감싸고 있었다. 하얀 천에 피가 배어났다. 다우가 달려와 마로 앞에서 울음을 터뜨렸다.

"형이 안 보여서…… 죽은 줄 알고 너무 무서웠어."

다우의 눈가에서 눈물이 뚝뚝 흘러내렸다.

"울지 마, 다우야. 형은 괜찮아. 하지만 정말 죽은 사람들도 있어."

마로는 다우를 껴안으며 어린아이 어르듯 달랬다. 다우는 형의 품속에서 죽어가던 군사들의 모습을 떠올렸다. 성벽 위에는 시신들이 즐비했고 잘린 팔다리가 나뒹굴고 있었다. 다우는 다시 기억을 떠올리기만 해도 몸이 바들바들 떨렸다. 귓가에 들려오는 부상병들의 신음이 끊이지 않았다. 마로의 손을 잡고 온기를 느끼면서도 불안한 마음이 사라지지 않았다.

성벽에서는 성민들이 안시성 군사들의 주검을 옮겼다. 성벽 아래에 가지런히 누운 주검들은 거적으로 덮여 있었다. 성민들이 거적을 들어 가족의 얼굴을 확인하고 무너지듯 주저앉아 울부짖었다. 통곡 소리를 듣고 관아를 나온 양만춘의 얼굴에 수심이 가득했다. 뒤따라온 파소가 걱정스러운 목소리로 말했다.

"성주, 돌아가 계십시오. 여긴 저희가 맡겠습니다."

양만춘은 시신의 손에서 눈을 떼지 못했다. 안시성을 지키기 위해 당나라군에 맞서 싸우며 죽는 순간까지 힘껏 무기를 쥐었던 손이었다. 그러나 이제는 힘이 풀려 제 가족들의 얼굴도 만질 수 없게 되었다. 마음이 무겁게 내려앉은 양만춘의 눈가에 마른 눈물이 돌았다.

한참 동안 서성거리던 양만춘은 시신들이 내려오는 계단을 향해 고개를 들었다. 문득 한 병사의 주검 앞에 서 있는 여인이 보였다. 여인은 갓난아이를 품에 안고 얼이 빠진 얼굴로 하염없이 주검을 쳐다보고 있었다. 양만춘이 가까이 다가가 얼굴을 살피니 며칠 전 촌락에 건너가 고기를 건네주었던 군사의 가족이었다. 고기가 담긴 보자기를 보며 함박웃음을 지었던 군사는 전투에서 살아남지 못하고 세상을 떠난 모양이었

다. 양만춘이 무거운 발걸음으로 여인에게 다가갔다. 눈가에 눈물이 가득 맺힌 여인이 양만춘을 발견하더니 이내 시선을 돌려 외면하였다. 분노와 슬픔이 뒤엉켜 복잡한 얼굴이었다.

양만춘이 비통한 심정으로 입을 열었다.

"아비를 이 지경으로 만들어 내가 원망스러울 것이다."

여인은 대답하지 않았다. 감정이 복잡하여 주체할 수 없는지 눈가가 파르르 떨렸다.

"이제 아이는 평생 아비의 손도 잡지 못하고 크겠지. 허나, 용서한다면…… 내가 아이의 손을 끝까지 잡겠다."

양만춘의 말을 듣던 여인의 어깨가 흔들리기 시작했다. 입가에 힘을 주며 애써 감정을 억누르던 여인이 울음을 터뜨렸다. 주위에서 그 모습을 지켜보던 사람들도 눈시울이 붉어졌다. 양만춘을 바라보는 사물의 얼굴에는 복잡한 감정이 섞여 들었다.

관아로 돌아온 양만춘이 집무실에 들어섰다. 갑옷을 벗고 머리에 쓴 투구를 탁자 위에 내려놓았다. 날카로운 칼날이 스쳐간 갑옷과 투구에는 쇠가 긁히고 벗겨진 상처들이 가득하였다. 양만춘이 가슴을 열고 호흡을 가다듬었다. 그리고 컵에 물을 가득 따라 마시자 목울대가 크게 움직였다. 양만춘이 빈 컵을 탁자에 올려두며 뒤따라 들어온 사물을 향해 말했다.

"그만 쉬어라. 너도 힘들었을 테니."

사물이 울컥하여 물었다.

"성주를 해하려 하는 자임을 알고도…… 왜 저를 내버려 두는 것입니까?"

사물은 당나라 대군에 맞서 싸우다 죽는다면 그것이 연개소문의 명을 따르는 일이라 여겼다. 안시성이 패배하면 자신도 죽을 테지만 안시성 성주도 죽을 것이기 때문이었다. 그러나 안시성은 승리하였고, 안시성 성주와 함께 살아남았다. 사물은 다시 연개소문의 명을 마주해야 했다. 반역자 양만춘을 죽여라. 생생하게 들려오는 연개소문의 목소리를 떠올리며 사물이 괴로워했다.

양만춘이 갑옷에서 시선을 옮기지 않은 채 말했다.

"너를 죽여 봤자 무슨 소용이 있겠느냐. 어차피 연개소문이 또 다른 자를 보낼 텐데."

양만춘은 갑옷을 정비하여 걸개에 걸었다. 사물로부터 몸을 돌리자 양만춘의 등에 새겨진 수많은 상처 자국이 드러났다. 오래된 것과 최근에 생긴 것이 뒤섞여 순서를 알기가 어려웠다. 차라리 시시때때로 죽을 고비를 넘겼다고 생각하는 편이 나을 정도였다. 칼에 베여 긴 선으로 굵어진 살갗이며, 창에 뚫려 검게 둥글린 자국이며, 화살에 맞아 살이 한 점으로 뭉그러진 자국까지. 상처는 다양하고 무수하였다. 사물이 할 말을 잃고 양만춘의 상처를 응시했다.

"전장의 상처들도 있지만, 연개소문이 보낸 자들이 남긴 상처도 많다."

양만춘이 사물의 시선을 의식하고 말했다.

사물은 벼랑 끝으로 밀린 사람처럼 혼란스러웠다. 양만춘은 고구려를 위해 죽여야 하는 자가 아닐지도 모른다. 그러나 이런 생각만으로도 대막리지에게 반기를 드는 것이나 다름없었다. 연개소문도 안시성 성주의 속내를 오인한 것이 아닐까. 머릿속에서 의문들이 꼬리에 꼬리를 물며 이어졌지만, 사물은 그 어느 하나도 확실한 판단을 내리지 못했다. 무엇보다 깊이 고민하기에는 시간이 없었다. 당나라 대군이 언제 다시 공격해올지 모를 일이었다. 사물은 확신이 필요했다.

"성주는 정말 이길 거라고 생각하십니까? 당황제는 여기서 그치지 않을 것입니다."

절박해진 사물이 양만춘의 앞을 가로막고 말을 이었다.

"다음에는 더욱 거세게 공격해 올 텐데, 그래도 계속 싸우실 겁니까? 이세민을 진짜 이길 수 있다고 생각하는 겁니까?"

양만춘은 무표정한 얼굴로 사물의 시선을 마주보았다.

"사물. 너는 이길 수 있을 때만 싸우느냐?"

양만춘의 시선은 단호했다. 사물은 더 이상 말을 잇지 못했다. 당황한 사물이 머뭇거리는 사이 양만춘이 몸을 돌려 집무실을 빠져나갔다. 사물은 양만춘이 나간 이후에도 한동안 자리를 뜨지 못했다.

달빛이 드리운 시냇가에 안시성 군사들이 모여들었다. 옷을 벗어 던지고 물속에 뛰어들어 치열했던 전투의 흔적을 지워냈다. 반대편 개울에서는 여인들이 말라붙은 핏자국을 씻어냈고, 흐르는 물에 갑옷과 무기들을 닦아내었다. 밤이 깊은 안시성은 고요했다. 한낮의 열기를 식히는 바람이 지나고, 간간히 풀벌레 우는 소리만 들렸다.

야외 배식장에는 무관들과 군사들이 둘러앉아 주린 배를 채웠다. 군사들이 주먹밥을 쥐고 입에 넣는 동안 소벌도리와 성민들이 주먹밥을 계속해서 날랐다. 이때 풍이 양손에 주먹밥을 쥐고 앉을 자리를 찾다가 활보를 발견했다. 눈이 마주친 활보가 인상을 찌푸리며 멀찍이 떨어졌다. 그리고 찐 밥을 크게 한입 깨물었다. 입안 가득 쌀알이 씹히는 순간 옆에 무언가가 툭하고 떨어졌다. 소리가 난 곳을 돌아보니 사과 한 알이 떨어져 있었다. 활보가 고개를 들자 풍이 스쳐지나가고 있었다. 사과와 풍을 번갈아 쳐다보던 활보가 피식 웃음을 터뜨렸다. 활보가 기분 좋은 얼굴로 옷소매에 사과를 닦고 반질반질한 면을 베어 물었다. 향긋한 사과 향이 코끝에 맴돌았다.

안시성 여인들은 아이들과 함께 안시성 밖으로 조심스럽게 움직였다. 그들은 성벽 아래 쌓인 시체들 더미를 헤집었고, 그 속에서 화살을 빼내어 무기를 수거하였다. 아이들은 양손 가득 화살을 들어 나르고 여인들은 갑옷을 벗겨 한곳에 모았다. 사내들은 무기와 갑옷을 벗겨낸 당나라군들의 시신을 옮겼다. 바닥에 끌린 시신들은 무언가 잔뜩 들어간 자루처럼 늘어졌다. 사내들이 숨을 헐떡이며 시신들을 옮겨와 한 더미로 쌓았고, 그 가운데 장작을 두고 불을 붙였다. 불이 옮겨 붙으며 거대한 불길이 타올랐다.

침소로 돌아간 사물은 잠이 들었다. 그러나 온몸은 식은땀으로 흥건했고, 잔뜩 찡그린 얼굴로 이를 갈았다. 사물은 밤이 깊도록 낮은 신음이 흘리며 몸부림을 쳤다.

꿈속에서 사물은 누군가에게 쫓기고 있었다. 숨을 헐떡이며 깊고 어두운 수풀을 헤치고 달렸다. 계속 달려도 길은 끝나지 않았고, 주위에는 아무도 없었다. 사물은 오로지 자신을 죽이기 위해 쫓아오는 존재를 느낄 뿐이었다. 공포에 짓눌린 사물이 불안한 얼굴로 뒤를 돌아보았다. 그러다 문득 눈앞으로 밝아오는 빛에 놀라 앞을 보니 시신들이 거대한 산처럼 쌓여있었다. 시신들은 불길 속에 있었으며, 화마는 입을 벌리며 당장이라도 사물을 집어삼킬 것 같았다. 사물이 홀린 듯이 바라보며 타들어가는 시신들의 얼굴을 확인하였다. 그들은 모두 주필산 벌판에서 전사한 고구려군들이었다. 시신들 속에는 얼굴이 푸른빛으로 변한 눌함도 있었다. 사물은 눌함의 공허한 눈을 마주치고 놀라 숨이 막혔다. 거칠게 숨을 들이마셔도 호흡이 제대로 이루어지지 않았다. 그때 불길 너머에서 누군가가 말을 타고 달려들었다. 허공에 타오르는 불길을 지나 나타난 자는 바로 당나라 황제 이세민이었다. 당황한 사물이 몸을 피하려고 하였다. 그러나 뒤를 보는 순간 대막리지 연개소문이 사물 앞을 막아섰다. 분개한 연개소문의 눈이 붉게 번뜩였다.

"이 반역자 놈! 내 명을 거역할 셈이냐!"

사물이 놀라 눈을 떴다. 몸을 일으키고 숨을 몰아쉬자 고요한 침소가 눈에 들어왔다. 사물은 악몽에서 깨어나고도 연개소문의 목소리에 사로잡혔다. 누운 자리가 땀으로 흥건하였고, 입안이 메말라 있었다. 심장이 두근거리며 관자놀이가 뛰었다. 가까스로 고개를 들자 연개소문이 준 단검이 눈에 들어왔다. 괴로움에 젖은 사물이 충동적으로 일어나 단검을 뽑아 들었다. 단검을 허공에 휘두르며 자세를 잡았고, 바람을 베어내는 소리를 들으며 정신없이 휘둘렀다. 사방을 움직이며 칼을 휘두르고 나서야 조금 진정이 되었다. 사물은 손에 쥔 단검을 내려다보았다. 칼날에 반사된 자신의 얼굴이 흐릿하게 보였다. 입을 악다물고 눈가를 찌푸렸다. 연개소문의 얼굴이 눈앞을 덮쳐오는 착각이 일었다.

다음날 양만춘은 추수지와 함께 성벽에 올랐다. 당나라 진영까지 멀리 내다보며 군사의 움직임을 확인하기 위해서였다. 안시성 앞으로 펼쳐진 벌판 한가운데에는 선을 그어둔 것처럼 불길이 번지고 있었다. 당나라군들이 목재를 길게 놓아두고 불태운 모양이었다. 목재에서 검은 연기가 피어올랐고, 불길에 시야가 가려 그 너머를 보기가 어려웠다. 분주하게 움직이는 당나라군들의 모습이 간간히 보였으나 자세한 움직임은 알 수가 없었다. 추수지가 연기 사이로 시선을 쏘아보며 양만춘에게 말했다.

"계속 불만 키우면서 연기로 뭔가 감추고 있습니다. 무슨 꿍꿍이일까요?"

추수지의 물음에 양만춘은 생각했다. 이세민은 안시성과 한 번의 전투를 벌였다. 그 전투에서 당나라가 패배했지만 이세민은 이제 안시성의 지형과 군사의 배치, 그리고 전투 방법에 대한 많은 것들을 얻었을 것이다. 다음 전투는 더 철저히

대비해야 한다. 연기 뒤에 가려진 것이 무엇이든 기필코 막아내야 한다. 양만춘은 벌판을 휩싸는 메케한 연기 속을 응시했다.

해가 저물도록 안시성 순찰을 돌고 난 양만춘은 관아로 발길을 돌렸다. 연기 뒤에 감춰진 이세민의 속셈에 대한 생각으로 머릿속이 복잡하였다. 전쟁의 신이라 불리는 당나라 황제가 같은 실수를 반복하지는 않을 터였다. 양만춘이 깊은 한숨을 내쉬었다. 검은 연기를 장막처럼 걷어버리고 전략을 알 수만 있다면, 방비할 대책을 찾아볼 수도 있을 것이다. 그러나 눈앞에 보이는 것은 아무것도 없었다.

양만춘은 관아 입구를 지나 집무실 안으로 들어왔다. 자리에 앉기 위해 움직이는데 이상한 낌새가 느껴졌다. 근육에 긴장감이 돌면서 힘이 들어갔다. 서늘한 기운이 느껴지는 곳으로 감각을 곤두세우며 말했다.

"나와라."

집무실 구석에 드리운 그림자 속에서 한 사내가 조심스럽게 정체를 드러냈다. 칼날을 세우고 양만춘을 향해 다가오는 사내는 바로 사물이었다. 사물의 눈빛은 비장했다.

"대막리지의 부름에 왜 반기를 드셨습니까?"

사물은 갑작스럽게 질문을 던졌다. 그러나 마음속에는 오래

담아두었던 질문이기도 했다. 양만춘이 천천히 고개를 돌려 사물의 손에서 빛나는 단검을 응시했다.

"연개소문은 이 나라의 왕을 죽였다."

"전왕은 이세민의 위세에 굴복해 지도를 내주고 포로들을 풀어주었습니다. 이세민이 빠르게 치고 내려올 수 있었던 것은 그 지도와 포로들이 있었기 때문입니다. 그래서 대막리지는 전왕을 죽인 것입니다."

사물의 목소리가 가볍게 떨렸다. 양만춘의 표정은 변화가 없었고, 시선은 여전히 단검에 머물러 있었다.

"하지만 그건 이세민에게 전쟁의 명분을 주는 것이었다. 이런 전쟁은 일어나서는 안됐어."

"어쨌든 전쟁은 일어났습니다. 그런데 성주는 군사를 보내라는 명령을 거부하고, 벌판에서 죽어간 고구려 군사들을 외면했습니다."

"거기서 어떤 일이 벌어졌는지 보고도 모르는 거냐? 당나라 군대를 상대로 탁 트인 벌판에서 싸운 건 바보 같은 짓이었다."

양만춘이 사물을 정면으로 바라보았다. 양만춘의 목소리에는 확신이 담겨있었다. 왕을 죽인 대막리지 연개소문을 따르지 않겠다는 결정, 당나라 대군이 고구려 땅에 쳐들어올 작은 명분 하나도 주어서는 안 된다는 판단, 주필산 벌판에서 벌어진 전투에 나가면 안시성 군사들까지 전멸하리라는 예측. 모든 생각이 깊고 진중했으며, 잘못된 결정이라고 생각하지 않았다. 이제껏 단 한 번도 가볍게 판단한 적이 없었으며, 도망치거나 뒤로 숨고자 하지 않았으므로.

양만춘이 말을 이었다.

"내가 그때 군사들을 보냈다면 군사들은 거기서 다 죽고 이 안시성은 이미 남아있지도 않았을 것이다."

사물은 분노로 몸을 떨었다. 주필산 벌판에서 전사한 수많은 고구려군들의 비명이 귓전을 파고들었다. 사물이 손아귀에 힘을 주며 소리를 내질렀다.

"살기 위해 비겁하게 숨어 있었다는 소리로 밖에 안 들립니다!"

사물이 손목을 돌려 양만춘을 향해 칼날을 세웠다. 한 걸음만 좁히고 들어가 날렵하게 휘두르면 양만춘의 목덜미를 그어버릴 수 있는 거리였다. 양만춘은 사물의 시선을 피하지 않았다.

사물이 거친 목소리로 소리쳤다.

"양만춘! 이 반역자! 결국 너와 안시성은 무너질 거다! 양만춘! 어서 대답하라! 지금이라도 대막리지를 따르겠다고!"

양만춘의 귀에는 사물의 고함소리가 애원처럼 들렸다. 고구려의 반역자가 아니라고 말해달라고, 안시성을 무너지지 않게 해달라고, 대막리지를 따르겠다고 하여 목숨을 부지하라고. 양만춘의 눈가에 힘이 들어갔다. 사물의 얼굴이 붉게 달아올랐다.

"대답하라, 어서! 그러면……, 죽이지 않겠다. 왜 대답하지 않느냐. 대답해라!"

사물이 입술을 질끈 깨물었다. 양만춘이 입을 열려는 찰나 성벽으로부터 북소리가 울렸다. 당나라 군대가 몰려온다는 신호였다. 사물은 이번에는 물러서지 않겠다는 얼굴로 앞을 막아섰다.

"누구를 따르냐, 그것이 중요한 게 아니다. 나는 성주로서 이 성을 지킬 뿐이다."

양만춘이 말했다. 그때 다급하게 문이 열리고 추수지가 뛰어 들어왔다.

"성주!"

양만춘을 부르는 찰나 사물이 겨눈 칼날이 추수지의 눈에 들어왔다. 반사적으로 칼을 뽑아들고 발을 내딛어 자세를 잡았다. 양만춘에게 꽂히는 칼날보다 더 빠른 속도로 사물의 목을 찌르기 위해 거리를 좁혔다.

"무슨 짓을 한 거냐?"

추수지가 사물을 쏘아보았다. 그리고 질문을 던지자마자 팔을 뻗어 사물의 목을 향해 칼날을 밀었다. 목덜미 가까이 칼날이 닿으려는 찰나 양만춘이 성큼 앞을 막아섰다. 추수지가 순간적으로 칼을 붙들고 몸을 뒤로 뺐다.

"성주! 가만히 놔둘 수 없습니다."

화가 난 추수지가 말했다. 시선은 여전히 사물을 노려보고 있었다.

"이세민이 먼저다."

양만춘이 단호하게 말하고 집무실을 걸어 나갔다. 문을 열자 북소리가 더 크게 들렸다. 분주하게 움직이는 군사들로 안시성은 팽팽한 긴장감이 감돌았다. 추수지는 앞서 걷는 양만춘을 힐긋거리며 어쩔 수 없이 칼을 거두었다. 추수지는 입안에 맴돌던 말을 삼키고, 양만춘의 뒤를 따라 나섰다. 혼자 남겨진 사물은 급박하게 들려오는 북소리에 번뜩 정신이 들었다. 단검을 품안에 집어넣고 성벽을 향해 뛰었다.

10. 공성탑을
없애야 합니다

갑옷을 입은 양만춘과 추수지가 내성 문에 도착했다. 밤안
개가 짙은 벌판은 그림자처럼 어두웠다. 문루에서 당나라 진
영을 향해 시선을 조여도 분명하게 구분되는 것이 없었다. 그
때였다. 거대한 그림자가 갑작스럽게 다가오면서 성벽 위를 지
키던 안시성 군사들을 얼어붙게 만들었다. 안개에 휩싸여
뚜렷하게 보이지 않았지만 그 형제는 산처럼 높았고 움직임은
짐승처럼 빨랐다. 군사들은 정체를 알 수 없는 그림자가 가까
워질수록 두려움이 번졌다. 재빨리 무장을 갖추고 반대편
에 시선을 꽂은 채 무기를 단단히 쥐었다. 안시성 군사들의 시

선이 몰려 있는 곳에서 안개를 뚫고 수십 대의 공성탑이 나타났다.

안시성과 거리를 좁히는 공성탑은 그 높이가 성벽보다 높았다. 탑을 지지하는 기둥을 따라 내부가 여러 개의 층으로 나뉘어 있었고, 층층마다 당나라군들이 포진해 있었다. 층을 따라 계단이 이어지며 연결되었고, 가장 높은 곳에는 가면을 쓴 당나라 호위 군사들이 화살에 불을 붙이고 있었다.

양만춘은 재빠르게 공성탑을 훑었다. 그 짧은 시간동안 공성탑 수십 대를 만들었다는 것인가. 이세민은 대군을 활용해서 말 그대로 안시성을 넘어가려 하고 있었다. 성벽을 지키는 군사들과 동일한 높이에서 화살이 날아온다면 안시성은 방어의 이점이 사라질 것이었다. 또한 그 틈을 타고 당나라 대군이 성벽을 오르면 안시성은 파도 앞의 모래성이 될 운명이었다. 양만춘은 가슴이 조여드는 것을 느끼며 숨이 가빠졌다. 더 이상은 버티지 못하는 것인가. 공성탑에 배치된 당나라군들이 양만춘을 향해 화살을 조준하였다. 양만춘은 정체를 완전히 드러낸 공성탑을 노려보았다. 꼭대기층 밑으로 나와 있는 나무다리가 눈에 들어왔다. 양만춘은 당나라군들이 공성탑을 성벽 가까이 붙여 나무다리를 걸치고 빠르게 넘어오려는 속셈임을 알았다. 그러나 시간이 없었다. 공성탑에 맞설 무기를

만들 수도 없었고, 전략을 새로 짤 수도 없었고, 방비할 계책
도 생각나지 않았다. 머릿속이 백지장처럼 하얘지면서 혼란스
러워졌다.

　그때였다. 거리가 확보된 공성탑에서 당나라군들이 불화살
을 쏘았다. 포물선을 그린 불꽃들이 안시성 성안으로 날아들
어 민가에 떨어졌다. 짚을 엮은 지붕에 불이 옮겨 붙자 순식
간에 연기를 피워 올리며 불길이 몸집을 불렸다. 성민들이 민
가에서 비명을 지르며 맨발로 뛰쳐나왔다. 불화살을 맞은 군
사들은 살을 태우는 뜨거운 열기에 소리를 질렀다. 수십 대의
공성탑에서 날아오는 불화살은 멈추지 않고 쏟아졌다. 양만춘
은 순식간에 불길이 번지는 안시성을 바라보며 몸이 굳었다.

　성민들은 나뭇가지로 불길을 쳐서 불씨를 잡으려 했으나
소용이 없었다. 밤이 깊은 안시성에 바람이 불어와 불을 날랐
다. 성민들이 물을 나르고 불길을 쳐대는 것보다 빠른 속도였
다. 여인들은 아이들을 찾아 울부짖었다. 소벌도리는 성안으
로 날아드는 불화살을 쳐내며 군사들에게 민가의 불을 끄라
고 소리쳤다. 그러나 성벽을 방어하는 군사들을 제외하고 남
은 숫자로는 역부족이었다. 화살이 날아든 곳은 성안만이 아
니었다. 문루 역시 집중적으로 공격을 받았다. 기둥을 받치는
나무가 버티지 못하고 부서졌다. 군사들이 버티지 못하고 뒤

로 물러섰다.

　안시성 군사들이 성벽에서 밀려나자 당나라 공성탑은 성벽에 바짝 거리를 붙였다. 그리고 나무다리를 끌어올려 성벽에 걸쳤다. 길이 열리자마자 당나라군들이 재빠르게 허공을 건넜다. 안시성 성벽에 발을 들인 당나라군들이 성벽 위를 지키는 안시성 군사들과 싸웠다. 공성탑에 대기하던 당나라군들이 계단으로 움직여 나무다리를 건넜고, 성벽에 올라 세를 불렀다. 당나라군들이 빠른 속도로 안시성 성벽 위를 포진했고, 그 사이로 설인귀가 나와 창을 휘둘렀다. 하얀 옷소매를 펄럭이며 공기를 가를 때마다 안시성 군사 여러 명이 동시에 피를 토했다. 구석에 몰린 안시성 군사들이 모여 밀집 대형을 이루었고, 창을 들어 대응했다. 그러자 이번에는 당나라군들도 대형을

갖추어 조직적으로 칼을 휘둘렀다. 설인귀가 휘두르는 창에 대형이 깨지고 당나라군들에게 밀려 성벽 끝으로 몰린 안시성 군사들이 참혹하게 죽어갔다. 창에 몸이 찔리면서 수세가 기울자 남은 군사들도 순식간에 목이 베였다. 성곽 한곳을 장악한 당나라군들이 성안으로 내려와 안시성에 침투하였다.

공성탑에서 끊임없이 당나라 군사들이 넘어왔다. 성벽 위의 안시성 군사들은 대형이 흩어졌고, 곳곳에서 칼을 겨루는 격투가 벌어졌다. 당나라군의 칼날 아래 안시성 군사가 하나둘 숨이 끊어졌다. 부상을 입고 성벽 밖으로 밀려난 안시성 군사들이 땅으로 추락했다.

안시성 장수들도 당나라군 무리에 둘러싸여 서서히 밀려나고 있었다. 활보가 기함을 내며 도끼를 사방으로 휘둘렀다. 그러나 한 무리를 물리치고 나면 공성탑에서 다른 무리가 쏟아져 들어왔다. 뒤로 가면 성안으로 길이 열리고 앞으로 나아가면 당나라 대군이 기다리는 상황이었다. 앞으로 나아갈 수도 없고 후퇴할 수도 없었다.

추수지가 넋이 나간 채 서 있는 양만춘 옆에서 적들을 베어내며 소리쳤다.

"성주, 이대로 가면 다 끝장입니다. 어떻게든 공성탑을 없애야 합니다!"

추수지가 문루 위로 뛰어 올라가 수십 대의 공성탑을 마주했다. 얼굴에 절망적인 기색이 역력했다. 양만춘은 충격에서 헤어 나오지 못하고 화살을 맞고 피를 토하는 안시성 군사를 바라보았다. 불길 속에서 성민들이 뛰쳐나오고 성벽 아래로 안시성 군사들이 칼에 베이고 창에 찔려 떨어졌다. 칼에 잘린 팔다리가 성첩에 나뒹굴었다. 안시성 군사들이 끔찍한 고통에 몸을 비틀었다. 안시성 성벽은 당나라군들에게 짓밟혀 피로 물들고 있었다. 한평생 지켜온 안시성이 함락되고 있었다.

사물은 안시성에 번지는 불길을 바라보며 식은땀을 흘렸다. 눈앞에서 고구려인들이 죽어가는 지금 이 순간 사물은 연개소문의 편도, 양만춘의 편도 아니었다. 오직 침략자로부터 성을 지켜내고, 고구려에서 적들을 몰아내는 것이 중요했다. 사물이 양만춘을 찾아 주위를 살폈다. 칼을 휘두르는 추수지가 보였고, 그 옆에 창백한 얼굴로 서 있는 양만춘이 보였다. 안시성 군사들의 주검에서 눈을 떼지 못한 채였다.

사물이 대장기를 손에 쥐고 양만춘에게 달려갔다.

"성주! 뭐하고 있습니까? 정신 차리세요!"

양만춘의 얼굴이 고통으로 일그러졌다. 안시성을 지키겠다는 약속이 불길 속에서 재로 변하고 있었다. 사물은 울컥 화가 치밀었다. 확고한 의지로 가득 차 있던 안시성 성주는 대체 어디로 갔단 말인가.

"이렇게 끝나는 겁니까?"

사물이 울분이 가득한 목소리로 물었다. 대막리지를 거역하면서도 소신을 꺾지 않고, 당나라 대군에 맞서 안시성을 지켜내겠다던 성주는 어디로 간 것입니까? 사물의 입 안 가득 내뱉지 못한 말들이 맴돌았다. 비명소리와 함께 칼날이 부딪치는 소리가 귀에 쟁쟁했다. 안시성 군사들은 생사의 경계에서 필사적으로 싸우고 있었다. 패배할 운명이라도 싸워야 한다. 물러서는 일은 없다. 그들의 싸움이 말하고 있었다. 사물의 검은 눈이 단단해졌다.

"안시성을 지키시오. 성주!"

양만춘이 사물의 목소리에 고개를 돌렸다.

양만춘은 아무것도 들리지 않는 깊은 절망 속에 있었다. 그곳에서 홀로 시야가 흐려지고 있었다. 사물의 외침이 양만춘의 귓가에 날아들었다. 마지막 숨을 내뱉으면서도 칼을 뻗는 안시성 군사들의 모습이 선명해졌다. 비명을 가르고 대열을 정비하는 안시성 무장들의 외침이 들렸다. 모두 물러서지 않고 싸우고 있었다.

양만춘은 눈을 치켜뜨고 공성탑을 바라보았다. 당나라군들이 공성탑에서 불을 붙여 화살을 날리고 있었다. 공성탑은 높이 지어졌으나 나무로 지어진 탑이다. 불은 안시성 초가를 태운다. 나무에도 불이 붙는다. 복잡한 생각들이 꼬리를 물고 이어졌다. 가슴이 두근거리며 심장이 뛰기 시작하였다. 머릿속에 번뜩 생각이 스쳤다.

"기름주머니를 준비해라!"

양만춘이 군사들을 향해 힘차게 외쳤다. 양만춘의 뜻을 알아차린 사물이 그 말을 복창했다.

"기름주머니!"

사물이 두 팔을 번쩍 들어 대장기를 펄럭였다. 양만춘의 말을 전령들에게 전하도록 신호를 보냈다.

명을 내린 양만춘이 칼을 빼들고 성벽 외곽으로 몰리는 안시성 군사 무리 속으로 뛰어들었다. 칼을 들이밀고 끼어들어 창을 받아내고 적의 몸을 베어냈다. 사물도 양만춘을 따라 당나라군에게 칼을 휘둘렀다. 대열을 이루어 움직이는 당나라군들의 공격을 모두 받아내며 양만춘이 힘을 쏟았다. 칼날을 세워 반 바퀴를 휘두르면 살이 베이고 목이 잘렸다. 당나라군들이 주춤하며 뒤로 물러나는 사이 재빠르게 등에 맨 화살을 꺼내어 활시위에 걸었다. 한 번에 두세 발을 꺼내어 시위에 걸고, 연발로 적들을 쏘아 머리에 적중하였다. 순식간에 서너 명이 쓰러지면 다시 칼을 휘둘렀다. 칼과 화살을 번갈아 쓰는 양만춘의 동작이 하나의 움직임처럼 부드럽고 빨랐다.

양만춘이 연달아 화살을 발사하는 동안 사물은 주위의 당나라군을 쳐내 성벽 밖으로 밀어냈다. 공성탑으로 들어오는 당나라군들은 밀려나지 않기 위해 전력을 쏟았다. 성벽의 방어선에 점점 틈이 벌어지고 있었다.

전령이 뛰어와 양만춘에게 보고했다.

"준비됐습니다."

양만춘이 화살촉이 불타고 있는 화살을 한 움큼 집었다. 사물에게는 횃불을 들라고 하였다. 화살을 손에 들고 자세를 잡은 양만춘이 군사들의 위치를 확인하였다. 기름주머니를 든 군사들이 성벽 앞으로 나아가 공성탑 가까이 서 있었다.

"불, 던져!"

가장 오른편에 있던 군사가 기름주머니를 힘껏 내던졌다. 기름주머니가 날아가 공성탑에 다다른 순간 양만춘이 시위를 당겨 불화살을 날려 보냈다. 화살촉에 맞은 기름주머니가 요란한 소리와 함께 터졌고, 주머니에 담겨있던 기름이 공성탑에 그대로 쏟아지면서 불이 붙었다. 기름이 쏟아진 자리에 불이 붙자 공성탑이 불타기 시작하였다.

양만춘은 막아서는 당나라군을 베어내며 앞으로 나아갔다. 틈을 놓치지 않고 다른 기름주머니를 던졌다. 양만춘은 날아가는 기름주머니를 정확히 화살로 맞추었다. 폭발한 기름주머니가 당나라군 위로 떨어졌다. 당나라군 갑옷에 불길이 붙었고 뜨거움에 몸부림을 치면서 공성탑 바닥까지 불을 옮겼다. 살갗을 녹이는 불길에 주체하지 못한 당나라군들이 공성탑 밖으로 뛰어내렸다.

공성탑이 맹렬하게 타오르면서 하늘로 검은 연기가 치솟았다. 성벽과 연결된 나무다리가 중심을 잃고 기울어지면서 다리를 건너던 군사들을 바닥으로 쏟았다. 길을 끊어 시간을 번 양만춘과 군사들이 자리를 옮겨가며 공성탑 마다 기름주머니를 던졌다. 반대편에서 안시성 군사들을 치워내며 양만춘 가까이 접근하던 설인귀가 불타는 공성탑을 보았다. 공성탑 대부분이 불길에 사로잡혀 새카만 연기를 내뿜고 있었다. 설인귀는 기름주머니를 던지는 여럿의 군사들을 제치고 화살로 그 주머니를 꿰뚫는 양만춘을 쏘아보았다. 거리를 좁히고자 했으나 그 사이에는 수많은 군사들이 칼을 휘두르며 싸움을 벌이는 중이었다. 설인귀의 눈빛에 살기가 돌았다. 창을 휘둘러 주위의 군사들을 쳐내고 공간을 만들었다. 그리고 창을 들어 팔을 뒤로 젖히고 자세를 잡았다. 설인귀의 눈에는 단 하나의 표적만이 있었다. 기름주머니를 맞추기 위해 두 다리에 굳게 힘을 주고 서 있는 양만춘이었다.

양만춘이 마지막 불화살을 날리고 새 화살을 움켜쥐려는 찰나였다. 옆에 서 있던 사물의 귓가에 바람을 가르고 지나가는 소리가 들렸다. 귓가를 울리며 길게 이어지는 나무 자루에 시선을 돌렸다. 그 나무 자루에 이어진 창날이 양만춘의 어깨에 적중했다. 그 광경을 본 사물은 놀라 숨이 막혔다. 어깨에 창이 꽂힌 양만춘은 뒷걸음질하며 울컥 신음을 토했다. 기습

에 놀란 양만춘의 눈이 사물과 마주쳤다. 당황한 사물의 시선이 어지럽게 흩어졌다. 양만춘은 어깨에 힘이 빠지며 극심한 고통이 온몸에 뻗치는 것을 느꼈다. 숨을 깊이 들이마시고 가까스로 뱉어내며 반대편 손을 들어 창을 뽑아냈다. 상처가 난 자리에서 피가 터지면서 바닥으로 뚝뚝 떨어졌다. 양만춘이 급하게 손을 들어 상처를 틀어막았지만 도움이 되지 않았다.

피가 흥건하게 흘러내렸고 발을 딛고 선 자리에 피가 고였다.

설인귀가 기회를 놓치지 않고 칼을 뽑아들고 달려왔다. 양만춘이 창이 날아온 방향을 보고 설인귀를 확인하였다. 시야가 흐려지며 귀에 이명이 일었다. 어지러운 정신을 다잡고 가까스로 화살 하나를 꺼냈다. 활을 발로 눌러 중심을 잡고 시위를 끌어당겨 화살을 먹였다. 그리고 달려오는 설인귀를 향해 화살촉을 세우고 쏘았다. 바람을 가르고 날아간 화살이 설인귀의 허벅지에 박혔다. 설인귀가 비명을 지르며 그 자리에서 한쪽 무릎을 꿇었다.

설인귀가 양만춘을 힘악하게 노려보며 부하들에게 외쳤다.

"저 놈을 죽여라!"

설인귀의 부하들이 양만춘 앞으로 몰려들었다. 힘이 빠진 양만춘의 의식이 희미해졌다. 손을 더듬거리며 화살 통을 만져보았지만 화살은 남아있지 않았다. 그때 사물이 양만춘을 막아서며 앞으로 나왔다. 사물이 두 손으로 칼을 잡고 자세를 잡았다. 온 신경을 집중하여 사력을 다하는 사물의 칼놀림은 강하고 부드러웠다. 사물의 칼이 빠르게 스쳐지나가며 당나라 군들의 힘줄을 깊이 베어내었다. 양만춘의 시야에 사물의 칼날 아래 쓰러지는 당나라군들의 모습이 흐릿하게 보였다.

당나라 진영에서는 안시성 성벽 앞에서 불타는 공성탑이 거대한 횃불처럼 보였다. 불은 깊은 어둠을 물리치고 주위를 환하게 밝히고 있었다. 그러나 당황제 이세민은 불빛을 바라보며 괴로움에 몸부림쳤다. 당나라군들이 불길 속에서 뛰어내렸고, 성벽의 상황은 암담해지고 있었다. 설인귀가 칼을 휘두르는 모습을 보았으나 부하들에게 둘러싸여 방어를 펼치는 것을 보아 부상을 당한 모양이었다. 이세민은 자리에서 벌떡 일어나 주변을 서성거렸다. 목덜미까지 열이 올라 얼굴이 붉어졌다. 두 번째 패배였다. 요동성을 함락시키고 주필산 벌판에서 연개소문의 군사들을 궤멸하고 여기까지 왔는데 저 작은 성하나를 넘지 못하고 무너진다는 것이 믿기지 않았다. 이세민이 자리에 털썩 주저앉아 마른세수를 했다. 당나라 장수들이 고개를 숙인 채 힐끔거렸다. 무거운 침묵이 당나라 장수들의 가슴을 짓눌렀다.

이세민은 잿더미로 변하는 공성탑을 끝까지 지켜보지 못했다. 황금색 휘장으로 둘러진 황제의 막사로 돌아가 괴로운 신음을 흘렸다. 당황제 막사 앞에는 호위부대가 창을 들고 경계를 섰다. 막사 안으로 환관들이 들어가 술상을 차렸다. 이세민이 술잔을 들어 벌컥벌컥 술을 들이켰다. 환관이 옆에서 시중을 들며 눈치를 살폈다. 이세민은 술잔을 비우기 무섭게 술병을 들어 술을 따랐다. 목덜미를 타고 씁쓸한 기운이 훑고 내려갔으나 정신은 더욱 맑고 선명해졌다.

이세민은 머릿속에서 불타오르던 공성탑을 지워낼 수가 없었다. 성벽에서 밀려나 쓰러지던 당나라군들의 아우성이 생생했다. 이세민이 술잔을 들어 신경질적으로 집어던졌다. 바닥에 처박힌 술잔이 뱅글뱅글 돌며 요란한 소리를 냈다. 환관들은 술잔을 바라보고 어쩔 줄을 몰라 했다. 술잔을 던지고 난 이세민의 손이 부들부들 떨렸다. 관자놀이의 핏줄이 뛰었고, 눈이 붉게 충혈되었다. 이대로 물러날 수는 없다. 이세민은 이를 바득바득 갈았다. 안시성을 넘지 못하고 당나라로 돌아간다면 자신의 상황 또한 우스운 처지가 될 터였다. 신하들의 반대를 무릅쓰고 단행한 고구려 원정이 아니었던가. 공성무기 수십

대와 기병들, 그리고 이민족 부대들을 이끌고도 승리하지 못했다는 원망을 들을 터였다. 무슨 일이 있어도 안시성을 짓밟아 재로 만들고 돌아가야 했다. 이세민의 눈빛에 살기가 돌았다.

II. 나는 성주를
살리러 왔습니다

관아 집무실에 햇살이 스며들었다. 하늘은 청명하게 맑았으며 시원한 바람이 불어왔다. 안시성의 무장들이 한데 모여 눈을 감고 누워있는 양만춘을 살폈다. 설인귀의 창에 맞은 오른쪽 어깨는 천으로 단단하게 매여 있었다. 무장들은 숨을 죽이고 양만춘의 얼굴을 들여다보던 순간이었다. 양만춘의 눈꺼풀이 파르르 떨리며 손가락이 움찔했다. 무장들이 놀라 상황을 지켜보는 동안 양만춘이 서서히 눈을 떴다. 희미했던 시야가 선명해지면서 무장들의 얼굴이 보였다.

시선을 마주친 백하가 화색이 도는 얼굴로 물었다.

"오빠, 정신이 들어요?"

양만춘이 미처 대답도 하기 전에 무장들은 울컥 감정이 복받쳐 올랐다. 소벌도리가 기쁜 마음을 주체하지 못하고 신이 나서 외쳤다.

"성주가 깨어나셨다. 깨어나셨어!"

양만춘이 손을 짚고 몸을 일으켰다.

"내가 얼마나 누워 있었느냐?"

"사흘입니다. 성주."

추수지가 침착한 목소리로 대답했다. 양만춘이 눈썹을 움찔하며 인상을 썼다.

"사흘이나……. 당나라군은?"

"이세민이 군사를 뒤쪽으로 물렸습니다. 이제는 섣불리 공격하지 못합니다."

공성탑을 내세운 격전 끝에 패배한 당나라군이 제대로 겁을 먹었다는 이야기였다. 입가에 미소가 번진 양만춘이 문득 고개를 들었다. 의식을 잃고 쓰러지기 전에 당나라군들과 맞서 싸우던 사물의 안위가 궁금했다. 양만춘이 시선을 돌려 자신을 둘러싼 무장들을 바라보았다. 그리고 그 사이에 자신을 뚫어져라 보고 있는 사물을 발견했다. 양만춘이 사물의 시선을 마주하자 무장들이 그 뜻을 알아채고 예를 갖추었다. 성주를 살려준 은인에 대한 감사의 표시였다.

양만춘이 사물을 향해 말했다.

"네가 나를 살렸구나?"

사물의 얼굴이 진지했다. 추수지가 끼어들어 설명을 거들었다.

"그렇습니다. 사물님이 아니었으면 큰일을 당할 뻔 했습니다."

추수지가 말을 마치고 사물을 바라보았다. 사물이 추수지를 바로 보지 못하고 시선을 피했다. 추수지는 사물의 행동이 탐탁지 않았다. 이번은 생명의 은인이지만, 다음에는 성주를 죽인 원수가 될 수도 있었다. 추수지가 금세 표정을 지우고 무표정한 얼굴을 보였다. 사물의 대한 경계를 풀지 않은 채였다.

집무실 문밖에는 몰려온 사람들로 북적거렸다. 우대가 문을 열고 들어와 몸을 세우고 앉은 양만춘을 발견했다.

"성주! 드디어 쾌차하셨군요."

열린 문으로 그 소리를 들은 성민들이 박수를 치며 기뻐했다. 들뜬 목소리로 성주를 부르며 환호했고, 그 소리에 더 많은 성민들이 모여들었다.

사물은 성벽 위에 올랐다. 부서진 문루는 일부만이 남아있었다. 무너져 내린 경계는 검은 그을음이 보였다. 사물은 고개를 들어 시선을 멀리 보내어 널리 보고 싶었다. 뒤로 물러난 당나라 진영에는 정적이 감돌았다. 당나라 진영 너머로 보이는 지평선은 마치 세상의 끝을 그어놓은 것처럼 단호했다. 두 번의 전투가 끝났다. 사물은 전투를 겪을 때마다 양만춘에 대한 생각이 달라졌다. 만약 연개소문의 명을 따르지 않는다면, 그 또한 목숨을 걸어야 할 것이었다. 대막리지의 명을 어기는 것은 반기를 드는 것이나 다름없으니 말이다. 그러나 한 가지, 안시성은 당황제 이세민에 맞서 두 번의 승리를 거두었다. 모두 죽는다고 생각했으나 살아서 성벽에 발을 딛고 대군을 물린 당황제를 보고 있었다. 안시성은 그 어떤 성보다 잘 싸워내고 있었다. 사물은 마음을 어지럽게 휘젓던 소용돌이가 힘을 잃어가는 것을 느꼈다.

문득 사물이 인기척을 느껴 돌아보니 양만춘이 옆에 다가와 서 있었다. 양만춘은 사물과 같은 방향으로 시선을 두었다. 잠시 생각에 젖어있던 양만춘이 입을 열었다.

"왜 나를 살린 것이냐?"

"이 성이 지켜지기를 바랐습니다."

"그래. 너도 안시성 사람이니까."

사물이 피식 웃음을 지었다.

지평선 위로 떠오른 태양이 환하게 빛을 뿜어냈다. 바람이 불어오자 벌판에 자란 풀들이 부드럽게 몸을 기울였다. 깨지고 부서지고 불에 타올랐으나 안시성은 굳건히 서서 그 위용을 자랑했다. 성문은 굳게 닫힌 채 성안을 끌어안고 있었다.

해가 저문 저녁, 달빛이 환한 원형 광장에 안시성 군사들과 성민들이 모여들었다. 광장 가운데에는 고운 빛깔의 옷을 입은 여인들이 호선무를 추고 있었다. 긴 소매 자락을 흔들자 물결에 흘러가듯 펄럭였다. 여인들은 자리에서 날렵하게 발을 움직여 치마를 펼치고 바람처럼 빠르게 돌았다. 꽃봉오리처럼 부푼 치맛자락이 구름처럼 가볍게 부풀어 올랐다. 부드러운 미소로 음을 타며 손동작을 보이는 여인들은 흐르는 가락을 타고 노는 선녀 같았다.

호선무를 추는 여인들 주위로 사람들이 둘러서서 박수를 쳤다. 빨라지는 음에 맞추어 치마가 너풀거리며 날렵하고 우아한 동작으로 춤사위를 보였다. 치맛자락이 바람에 일렁이는 파도처럼 넘실댔다. 생생한 눈빛으로 구경하는 아이들이 입을 벌리고 환호했다. 달빛이 환한 밤, 색색의 파도가 바람을 타고 넘실대는 모습이 황홀한 꿈처럼 아름다웠다.

양만춘은 이층 누각에서 호선무를 지켜보았다. 참혹한 전투를 이겨내고 승리를 만끽하는 성민들을 바라보니 마음이 풀어졌다. 광장 한쪽에 서서 가락에 맞춰 즐겁게 춤을 추는 백하와 파소가 눈에 들어왔다. 그들은 서로를 바라보느라 온 세상이 보이지 않는 것 같았다. 반달처럼 휘어진 눈으로 환히 웃어 보이는 백하와 동작에 맞춰 춤을 이끌며 호쾌하게 웃는 파소의 얼굴이 빛났다. 양만춘은 체념한 얼굴로 가볍게 고개를 흔들다가 이내 입가에 미소를 지었다.

선율이 흐르는 안시성의 밤은 단단하게 굳은 어둠까지 풀어헤쳤다. 비명 소리와 절규를 지워내고 통곡하는 울음소리를 잠시 뒤덮었다. 허공에 흔드는 고운 소맷자락이 그리는 것은 평화로운 일상으로 되돌아가는 일이었다. 해가 뜨면 일어나 농사를 짓고 따뜻한 밥을 지어 가족들과 둘러앉아 함께 숟가락을 뜨는 것. 그러나 안시성의 일상은 꿈처럼 아득한 거리에 있었다.

다음날, 아침 일찍 당나라 황제의 막사 안으로 당나라 장수들이 모여들었다. 이세민은 탁자 위에 올려둔 지도와 모형을 뚫어지게 응시하며 생각에 잠겼다. 성안을 중심으로 성벽처럼 산등성이가 둘러져 있고 그 위로 성벽이 솟아있는 성의 모형은 안시성이었다. 지도와 모형을 번갈아 보며 생각을 거듭해도 묘수가 생각나지 않았다. 시름에 잠긴 이세민을 보며 당나라 장수들은 모두 같은 생각을 하고 있었다. 그러나 누구도 섣불리 입을 열지 못했다.

방연이 조심스럽게 말을 꺼냈다.

"폐하, 안시성을 빼앗는 것은 아무래도 어려울 듯싶습니다. 승자는 전쟁을 오래 끌지 않는다고 했습니다. 이제라도 바로 평양성으로 치고 내려가 연개소문을 잡으시지요."

이도종이 설명을 보태었다.

"주력군을 이끌고 번개처럼 빠른 속도로 평양성으로 간다면 고구려가 결국 항복을 하고 말 것……."

이세민이 말을 자르며 주먹으로 탁자를 내리쳤다. 탁자가 덜컹거리며 모형과 지도를 흔들었다.

"이깟 작은 성 하나를 못 빼앗으면서 평양성을? 도대체 왜! 동서 9천 5백리와 남북 1만 1천리의 땅을 빼앗은 내가 고작 저 작은 성 하나를 빼앗지 못한단 말이냐!"

화를 쏟아내는 이세민의 얼굴이 붉게 달아올랐다. 장수들은 안절부절 못하며 시선을 피했다. 이세민이 안시성 모형을 노려보았다.

"안시성 놈들이 더 이상 우리 군대를 눈 밑에 두지 못하도록 만들어 주겠다."

문득 생각이 스친 이세민이 숨을 가다듬으며 말했다.

"폐하, 어찌하시려는 것인지……."

방연이 걱정스러운 목소리로 말끝을 흐렸다. 장수들이 의아한 얼굴로 이세민을 보았다. 이세민이 군사를 향해 말했다.

"고구려의 신녀를 끌고 와라."

명을 받든 군사가 대답과 함께 막사를 나갔다. 이세민은 생각을 곱씹으며 전략을 세웠다. 막사 안에 긴장감이 돌았다.

당나라 병사들이 시미를 끌고 와 이세민 앞에 꿇어앉혔다. 얼굴이 창백한 시미가 힘없이 팔을 늘어뜨리고 주저앉았다. 이세민이 시미를 향해 이죽거렸다.

"내가 무엇을 할지 너의 신이 보여주었느냐?"

멍한 얼굴로 허공을 응시하던 시미가 불에 덴 듯 고개를 들었다. 입술이 새파랗게 질렸고, 눈가에 눈물이 맺혔다. 경기를 일으킨 사람처럼 시미가 소리쳤다.

"안 된다. 안 돼!"

장수들이 시미를 쳐다보았다. 시미는 손을 떨며 얼굴을 감싸 쥐었다. 이세민이 자리에서 일어나 시미를 향해 다가갔다.

"드디어 보았구나. 안시성의 최후를!"

고개를 든 시미의 눈가에서 눈물이 흘러내렸다. 시미는 덫에 걸린 사람처럼 움찔거리며 괴로운 신음을 흘렸다. 시미의 얼굴이 고통으로 일그러질수록 이세민의 얼굴에는 미소가 번져갔다.

안시성 문루에는 군사들이 밤이 깊도록 보초를 섰다. 한 군사가 멀리서 접근하는 사람을 발견하고 신호를 보냈다. 성벽의 궁수들이 활을 들어 조용히 그림자를 겨냥했다.

"누군가 다가오고 있습니다!"

궁수가 군사 막덕에게 보고했다.

"적군이냐?"

"아닙니다. 여자인 것 같습니다."

막덕이 어둠 속을 헤집으며 성문 앞으로 다가오는 자를 눈여겨보았다.

"누구냐. 멈춰라!"

막덕의 외침에 여자가 그 자리에 멈추어 섰다. 긴 머리를 늘어뜨린 여자는 고구려 신녀 시미였다. 시미의 손에는 천으로 싼 짐 보따리가 들려있었다.

"나는 고구려의 신녀 시미다. 성주가 나를 아실 것이다."

시미의 목소리가 허공을 울렸다. 막덕이 시미의 행색을 훑어보았다. 당나라 군사로는 보이지 않았으며, 치명적인 무기를 지니고 있는 것 같지도 않았다. 막덕이 성문을 열어 시미를 안으로 들이고 관아로 데리고 갔다.

외부에서 낯선 자가 들어왔다는 소식을 듣고 관아로 안시성 무장들이 모여들었다. 관아 대청 뜰에 도착한 시미는 보통

이를 앞에 두고 엎드렸다. 그리고 무장들이 지켜보는 앞에서 천천히 보퉁이를 풀어 낡은 활과 화살을 꺼내었다. 활을 쏘려는 것인지 몰라 지켜보는 무장들이 긴장을 했다. 그러나 완전히 드러난 활의 모습은 군사들이 쓰는 무기와는 다른 형태였다. 한 눈에 보아도 오랜 세월의 흔적이 느껴졌고, 다른 화살과 얼핏 비교해보아도 훨씬 커다란 대궁이었다. 함께 놓인 화살에서 날카롭게 벼려진 흑요석이 검게 빛났다.

소벌도리가 고개를 갸웃거리며 화살 가까이 고개를 들이밀었다. 잠시 화살을 살피다가 눈을 크게 뜨고 소리쳤다.

"주몽의 신물이다!"

주위를 지키던 군사들이 웅성거리며 저마다 신물에 대해 들었던 이야기를 했다. 관아 대청이 소란스러워지는 찰나 양만춘과 백하가 안으로 들어섰다. 시미를 알아본 백하가 한걸음에 달려갔다.

"시미 언니!"

"백하야."

굳어있던 시미의 얼굴에 옅은 미소가 번졌다. 자리에서 일어난 시미는 백하의 두 팔을 잡고 웃다가 옆에 서 있는 양만춘과 눈이 마주쳤다. 양만춘의 얼굴을 보고 눈시울이 붉어진 시미가 고개를 숙여 인사했다.

"잘 지내시옵니까."

"······ 어떻게 여기로 올 수 있었소?"

양만춘이 수척해진 시미를 응시하며 물었다.

"당황제가 저를 보냈습니다."

의미를 알 수 없는 말에 양만춘이 눈살을 찌푸렸다. 당황제가 고구려의 신녀를 안시성으로 보냈다는 것인가. 당황제의 속내가 무엇인지 짐작이 가지 않았다.

시미가 양만춘의 생각을 읽은 것처럼 대답했다.

"당황제는 싸움을 멈추길 원합니다. 마음의 표시로 신물까지 돌려주셨고요."

주몽신의 신물에 눈길을 준 시미가 잠시 머뭇거렸다. 그리고 어렵게 말을 이었다.

"당황제는 마지막 수단을 쓰기 전에 그걸 알려주라 했습니다."

시미의 말에 사물과 무장들이 움찔했다. 양만춘은 시미가 당나라 황제의 말을 전한다는 사실에 기분이 상했다. 고구려의 신녀를 보내어 전략을 일러준다니. 불쾌한 일이었다.

양만춘이 언성을 높였다.

"마지막 수단이라니?"

"당황제는 안시성보다 더 높은 토산을 쌓아 다리를 놓고 성벽을 넘을 것입니다."

"산을 쌓아?"

"다음 공격은 버텨내지 못할 거라고 했습니다."

시미가 단호하게 대답하자 일순간에 분위기가 얼어붙었다.

공성탑에 이어 토산이라니. 양만춘은 목덜미에 서늘한 기운을 느꼈다. 공성탑은 불태웠으나 흙을 쌓아 만든 산을 어떻게 태우고 무너뜨린단 말인가.

무장들은 심상치 않은 분위기를 느끼고, 주위에 모여든 군사들을 물렀다. 사물은 굳은 얼굴로 신물을 응시했다. 고구려 신녀와 당나라 황제, 그리고 주몽의 화살과 토산. 혼란스러운 밤이 깊어지고 있었다.

다음날부터 인근 지역에 목책이 세워졌다. 성벽에 견줄만한 높이로 세워진 목책에는 장막이 드리워졌다. 당나라군의 움직임은 장막 너머로 가려져 보이지 않았다.

이세민이 안시성 근처에 세운 것은 장막뿐이 아니었다. 세 면이 모두 나무로 된 간이 성벽이 만들어졌다. 토산을 완성하기 전 기습적인 공격을 받을 때를 대비한 방책이었다. 간이 성벽이 세워지자 안시성과 마주보는 면에 반은 괴물이고 반은 사람인 기괴한 형상이 그려졌다.

이세민이 안시성 벌판을 넓게 둘러보며 군사들의 움직임을 확인했다. 수십만의 군사들이 줄지어 이동하며 토산을 쌓는 모습은 장관이었다. 벌판 한쪽에서 군사들이 흙을 다졌고, 긴 행렬을 이루며 도열한 군사들이 차례로 손수레와 자루를 들고 와 흙을 퍼 담았다. 흙이 가득 채워지면 토산으로 가서 흙을 보탠 다음 다시 빈 수레와 자루를 들고 흙을 채우기 위해 돌아왔다.

이세민은 모양을 잡아가는 토산을 바라보며 장수 부복애에게 물었다.

"완성하는 데 얼마나 걸리겠느냐?"

황제의 명으로 토산을 맡게 된 부복애가 말했다.

"전군을 동원해서 밤낮으로 쌓으면 석 달이면 쌓을 수 있습니다."

"서둘러라."

"예, 폐하."

대답을 한 부복애가 군사들을 향해 몸을 돌렸다.

"흙을 쌓아라!"

당나라군들이 걸음을 재촉하며 속도를 높였다. 토산은 두 번의 패배를 설욕하고, 안시성을 넘어 평양으로 가는 길을 열어줄 유일한 희망이었다. 수십만의 군사들을 지휘하는 부복애의 얼굴에는 긴장감이 가득했다.

"저런 엄청난 짓을 진짜로 하다니……."

안시성 성루에 올라 양만춘과 함께 장막을 응시하던 추수지가 혀를 내둘렀다.

양만춘은 안시성을 물어뜯을 기세로 이빨을 내보이고 있는 반인반수의 형상을 노려보며 생각했다. 이세민, 안시성의 끝을 보기로 작정을 했구나. 뒷목이 굳어지며 불쾌한 예감이 들끓었다.

당나라군들은 망루 위에서 시시때때로 화살을 쏘아댔다.

안시성 군사들도 목책 뒤에서 대응 공격을 했다. 양만춘과 무관들은 토산을 쌓기 위해 분주하게 움직이는 당나라군들을 바라보며 대비책을 고심했지만 진전이 없었다. 안시성 앞에 펼쳐진 드넓은 벌판에서 당나라군들이 대규모 공사를 진행하듯이 일사분란하게 움직였다. 안시성 무관들은 쉴 새 없이 반복되는 모습에 질려 안색이 어두웠다. 한동안 말이 없던 양만춘이 발걸음을 돌려 관아로 향했다. 무관들이 뒤따라 하나둘 자리를 떴고, 마지막으로 추수지와 사물이 남겨졌다.

사물이 불편한 태도로 일관하는 추수지에게 말했다.

"아직 내가 마음에 들지 않는 모양이군."

"죽이려는 건지 살리려는 건지 알 수가 없으니까요."

속내를 숨기지 않는 추수지의 대답에 사물이 피식 웃었다. 추수지의 말은 일리가 있었다. 사물 스스로도 양만춘을 죽이는 일과 살리는 일 사이에서 오래 괴로워했었다.

사물이 말을 돌리며 추수지에게 물었다.

"그런데 추수지. 성주와 저 신녀와는 어떤 사이인가? 특별한 인연이 있었던 듯한데……."

사물의 시선이 성벽 아래에서 대화를 나누는 시미와 백하에게 향했다. 추수지가 선뜻 대답하지 않고 입을 다물었다.

"말해주기 싫은가?"

사물이 불편한 기색을 눈치 채고 말했다. 그러자 추수지가 내키지 않는 얼굴로 입을 열었다.

"전에 성주께서 태학에 다닐 때 두 분은 서로 사랑을 했습니다. 평양성에서 가장 잘 어울리는 한 쌍이었지요. 그런데 시미님이 그만 신녀로 뽑혀서 남자를 만날 수 없게 되었습니다. 그 후로 성주께서는 한참 동안 평양성을 떠나 변방을 떠돌아다녔지요."

사물은 추수지의 설명을 들으며 시미를 보았다. 성벽에서 내려간 양만춘이 시미 옆을 지나고 있었다. 서로 눈이 마주친 양만춘과 시미가 가볍게 목례를 하며 인사했다. 양만춘은 별다른 말은 하지 않고 그대로 지나쳐 관아를 향해 걸어갔다. 과거의 인연이 깊었다고 하나 현재 시미는 당황제의 말을 가지고 돌아온 신녀였다. 게다가 시미가 전해온 말 속에는 안시성의 암담한 미래가 들어있었다. 이세민의 토산은 안시성의 무덤이 될 것인가. 사물은 착잡한 마음을 숨길 수가 없었다.

신녀 시미는 홀로 안시성 외곽으로 향했다. 물이 흐르는 시내에는 기둥이 굵은 버드나무가 있었다. 바람이 불어올 때마다 실로 길게 엮어놓은 것 같은 무성한 잎들이 서로 몸을 비볐다. 시미는 물가에 있는 낮은 신단을 발견하고 가까이 다가섰다. 자세를 바로잡고 천천히 숨을 들이마시고 내뱉었다. 흐르는 물소리가 머릿속에 어지럽게 뒤엉킨 생각들을 씻어 내렸다. 시미가 차분해진 얼굴로 물속을 향해 걸어 들어갔다. 앞으로 나아갈 때마다 시미의 다리 주위로 둥근 무늬가 생겨났다. 물길 가운데로 들어간 시미가 자세를 낮추고 물속에 몸을 뉘였다. 얼굴까지 완전히 잠겨 든 시미의 얼굴은 평온하였다. 물살을 뒤덮고 누운 시미는 작은 미동도 없었다. 온 신경을 집중하자 검은 시야를 지워내며 생생한 환영이 보였다.

거대한 토산이 하늘 높이 걸린 태양을 향해 솟아올라 있었다. 무수한 군사들이 토산을 오르고 그 사이로 칼에 찔린 자들이 피를 흘리며 떨어져 내렸다. 토산 꼭대기를 밟고 안시성 성벽을 넘는 군사들이 흐릿하게 보였다. 갑자기 숨이 막힐 듯한 공포가 밀려들면서 시미가 물속에서 몸부림을 쳤다. 시미 주위에는 아무도 없었지만 누군가 물 아래로 끌어당기듯 몸이 무겁게 가라앉았다. 환영을 보느라 정신이 혼미해진 시미가 가까스로 눈을 떴다. 물속에서 바라본 하늘은 기괴하게 일그러져 있었다. 시미가 몸을 일으키며 거친 숨을 토해냈다. 시미의 머릿속에서 작은 조각처럼 잘라져 보였던 환영들이 하나의 그림처럼 맞춰지고 있었다. 토산이 완성되면 당나라군들이 안시성 성벽을 넘을 것이다. 시미가 입술을 질끈 깨물며 생각했다. 온몸이 물에 흠뻑 젖어 땀이 흐르는지 눈물이 흐르는지 알 수가 없었다. 물속에서 나온 시미가 버드나무 잎처럼 몸을 떨었다. 젖은 옷자락을 이끌고 처소로 돌아가 해가 저물도록 아팠다.

바깥이 어둑해지자 양만춘은 촛불을 켰다. 심지에 불이 타오르며, 주위가 주홍색 빛으로 일렁거렸다. 양만춘의 머릿속은 토산에 대한 생각으로 가득했다. 알면서도 막을 방도를 찾지 못하고, 아무것도 하지 못한 채 시간만 보내고 있으니 답답할 노릇이었다. 그때 집무실 문이 열렸다. 인기척에 고개를 들어보니 시미였다. 시미는 양만춘 앞으로 다가와 예를 표하고 시선을 마주보았다.

"이 전쟁이 우릴 또 만나게 하는군요."

시미를 바라보는 양만춘의 얼굴에 괴로운 기색이 스쳤다. 과거의 일들이 복잡하게 엉킨 실타래처럼 마음 깊이 남아 있었다. 두서없는 말들이 떠올랐으나 양만춘은 애써 말을 삼켰다.

시미가 다시 말을 이었다.

"언제나 당신한테 달려가고 싶었습니다. 하지만 내가 주몽신의 신녀로 있는 한 우리가 만나는 건 허락되지 않았지요."

양만춘이 눈가를 찌푸렸다. 날카로운 가시가 가슴을 훑고 지나가는 기분이었다. 이미 지나간 일이다. 어쩔 수 없는 일이다. 양만춘은 마음을 다잡으며 물었다.

"나에게 할 말이 있소?"

시미가 선뜻 대답하지 못하고 망설였다. 핏기가 사라진 얼굴이 창백해 보였다. 시미가 어렵게 입을 열었다.

"성주, 나는 성주를 살리러 왔습니다. 이세민은 저에게 안시성의 앞날을 보게 했어요. 안시성은 결국 이 싸움에서 지고 말아요. 거대한 군사들이 태양을 등지고 넘어오고, 그들이 화살을 쏘아대고, 죽은 군사들이 시체로 산을……."

"그만 하시오."

양만춘이 시미의 말을 잘랐다. 자리를 박차고 일어나 시미로부터 몸을 돌렸다. 시미가 필사적으로 두 팔을 뻗으며 앞을 막아섰다.

"이 성에 와서도 같은 것을 보았어요. 성주, 제가 본 것은 한 번도 틀린 적이 없어요. 항복해야 합니다. 항복하면 모두가 살 수 있어요."

양만춘이 시미의 얼굴을 살폈다. 시미의 눈빛은 확신으로 가득했다. 가늘게 떨리는 시미의 목소리를 들으며 양만춘은 생각했다. 고구려 신녀가 본 미래는 안시성의 패배이며 성주의 죽음인가.

"당황제가 약속했어요. 항복하면 모든 걸 주겠다고."

시미는 설득을 멈추지 않았다.

이세민이 주겠다는 모든 것들이 과연 무엇인가. 양만춘은 항복으로 얻어낸 모든 것은 아무것도 아니라는 것을 알았다. 안시성을 넘어 평양성으로 들어가면 고구려가 위태로워질 것이 분명했다. 앞으로 나아갈 수 없지만 뒤로도 물러 설 수도 없는 싸움이었다.

"성주…… 토산이 완성되면 기회가 없어져요."

시미가 애원했다.

"내가 원하는 건 안시성이 이대로 지켜지는 거요."

양만춘이 시미를 외면하고 밖으로 나갔다. 시마가 파리한 얼굴로 양만춘의 뒷모습을 바라보았다.

우리 깃발이 올랐다! 가자!

12. 고구려 신은
이미 우리를 버렸어요

성벽 위에서 바라보면 당나라군들의 움직임은 보였지만, 토산은 목책에 가려 보이지 않았다. 양만춘은 암문을 통해 정찰병을 내보냈다. 밤이 깊은 시각, 성 밖으로 나간 정찰병은 벌판에 자란 억새풀 사이에 몸을 숨기고 목책 너머가 보이는 방향으로 둘러가 토산의 높이를 확인했다. 당나라군들이 횃불의 환한 빛에 의지해 밤낮없이 흙을 나르고 있었다. 정찰을 하고 돌아온 병사는 양만춘에게 토산이 빠르게 진척되고 있다고 보고했다. 진행 속도를 가늠해 본다면 앞으로 두 달 안으로 토산이 완성될 거라는 이야기였다.

내용을 전해들은 안시성 무관들이 성벽 위에 모였다. 그러나 두 눈을 뜨고 시시각각 상황을 지켜보면서도 할 수 있는 일이 아무것도 없었다. 성벽에는 무거운 침묵이 흘렀다.

사물이 양만춘을 향해 어렵게 말을 꺼냈다.

"평양성에 지원군을 요청하십시오."

놀란 무관들이 사물을 쳐다보았다. 평양성에 지원군을 요청하자는 말은 연개소문에게 도와달라고 부탁하자는 의미였다. 이제껏 연개소문은 양만춘을 죽이기 위해 자객을 보냈었다. 하루 빨리 안시성 성주가 죽기를 바라는 연개소문이 안시성을 위해 지원군을 보낼 리가 없었다.

"지원군요? 연개소문은 우릴 반역자로 생각하고 있는데……."

활보가 가당치도 않다는 말투로 반문했다. 그러자 옆에서 풍이 거들었다.

"사물님. 안시성에서 왔다고 하면 그대로 목을 칠겁니다."

"그래도 이제 방법이 없지 않습니까?"

사물이 말했다.

"그럴만한 용기를 갖고 있다면 사물님이 가서 부탁을 해보죠. 아마 지원군 이야기를 하기도 전에 목이 베일 걸요? 하지만 어쩌면 사물님이라면 연개소문이 들어줄지도 모르니까."

추수지가 사물을 향해 이죽거렸다. 사물은 추수지를 외면하고 양만춘을 향해 말했다.

"나를 보낸다면 가겠소, 성주."

"성주께서 허락하지 않을 걸 알고 제법 용기를 내는군."

추수지가 계속 비아냥거렸다. 그러자 사물이 언성을 높였다.

"말뿐이 아니오."

"사물. 마음은 알겠지만, 연개소문은 단 한 번도 뜻을 바꾼 적이 없다."

양만춘이 단호하게 말했다. 안시성의 상황은 급박하였으나 양만춘의 말도 부정할 수 없는 사실이었다. 사물 자신이 바로 연개소문에게 안시성 성주를 죽이라는 명을 받고 온 것이 아니었던가. 사물은 입안에 맴도는 말을 쓰게 삼켰다. 다시 정적이 이어졌다. 이세민의 토산에 안시성이 무너질 날만 기다려야 하는 것인가. 무관들은 절망적인 심정이었다.

문득 파소가 결연한 말투로 말했다.

"성주. 방법은 하나뿐입니다. 이세민을 직접 치는 겁니다."

무관들의 시선이 파소에게 몰렸다.

"이세민이 죽는다면 이 싸움은 끝납니다. 지금 당군의 경계는 토산에만 집중되어 있습니다. 상대적으로 본인은 허술한 상태지요. 게다가 이세민이 묵고 있는 황금막사는 어둠 속에서도 식별이 가능합니다."

"누가 그 일을 한다는 말입니까."

파소에게 추수지가 물었다.

"당연히 빠르고 용맹한 우리 기마대가 해야지."

파소가 무관들 사이에서 나와 무릎을 꿇었다. 양만춘을 향한 파소의 목소리에 비장함이 가득했다.

"성주. 오랫동안 부하들과 의견을 나눠 왔습니다. 야습을 거행하겠습니다."

"너를 불구덩이에 넣을 수는 없다."

"토산이 완성되면 그걸로 모두 끝입니다. 이게 마지막 방법이란 걸 성주도 알지 않습니까? 허락하여 주십시오."

양만춘의 만류에도 불구하고 파소는 의견을 굽히지 않았다. 파소의 간절한 얼굴을 바라보던 양만춘이 마른 입술을 질끈 깨물었다. 입안에 비릿한 피가 배어들었다.

서산 너머로 해가 저물자 거리가 어둑해졌다. 백하는 요동치는 마음을 억누르지 못하고 숨가쁘게 달렸다. 백하가 단숨에 뛰어 들어간 곳은 양만춘의 집무실이었다. 백하가 문을 열고 들어섰을 때 양만춘은 갑옷을 입고 있었다.

"나도 파소와 함께 가게 해줘요!"

백하가 양만춘의 팔을 붙들고 소리쳤다. 양만춘이 눈을 동그랗게 뜨고 백하를 쳐다보았다. 파소가 가는 곳이 어디인 줄 아는 것이냐. 양만춘의 얼굴이 묻고 있었다. 백하가 재차 말을 이었다.

"파소를 보내지 말라는 말은 하지 않아요. 그러니까 나도 같이 가게 해줘요."

"파소는 그의 일을 하는 거다. 너도 네 자리가 있다. 돌아가라."

양만춘이 냉정하게 말하자 백하가 울음을 터뜨렸다.

"당군 진영 속으로 뛰어드는 건 목숨을 거는 거예요. 성공하든 실패하든 파소는 돌아오지 못해요."

"알고 있다. 나도 원하지 않았다. 하지만 우리에게 이 방법밖에 없다는 걸 부인할 수가 없구나. 미안하다, 백하야. 나도 이런 전쟁이 싫다."

양만춘이 괴로운 얼굴로 대답했다. 차마 백하의 시선을 마주보지 못한 채였다. 양만춘이 갑옷을 마저 입고 칼을 챙겨 허리에 찼다. 그 모습을 지켜보던 백하가 원망 가득한 눈으로 양만춘을 쏘아보았다. 그리고 이내 몸을 돌려 밖으로 나갔다.

집무실을 빠져나온 백하가 향한 곳은 파소의 거처였다.

"인사도 안 하고 가려고 했어요?"

백하가 파소를 향해 물었다.

"다시 돌아올 거니까."

파소가 백하를 향해 다가갔다. 백하가 소맷자락으로 눈가에 맺힌 눈물을 훔쳐냈다. 한 마디 말도 없이 마음대로 내린 결정에 대한 원망과 다시는 보지 못할지도 모른다는 불안이 뒤섞여 심정이 복잡하였다. 금방이라도 울음이 터질 것 같은 백하를 바라보며 파소가 말했다.

"우리가 처음 만났던 때 기억나? 성주 옆에 있던 백하를 보았을 때 난 마치 머리에 번개를 맞은 것 같았어. 백하는 다른 여인들과는 달리 갑옷을 입고 흰 댕기로 머리를 질끈 동여맨 채 어깨에는 활을 들고 손에는 칼을 들고 있었지. 나는 백하의 그 모습을 잊을 수가 없어."

파소의 목소리가 부드러웠다. 하지만 그럴수록 백하는 파소를 마주볼 수가 없었다. 파소를 붙잡고 가지 말라고 애원이라도 하고 싶어질 것 같았다.

파소가 안타까운 얼굴로 말했다.

"백하…… 얼굴을 보여줘."

머뭇거리던 백하가 파소를 향해 얼굴을 돌렸다. 파소와 시선을 마주한 백하의 입술이 파르르 떨렸다. 파소는 두 손을 들어 눈가에 눈물이 가득한 백하의 얼굴을 어루만졌다. 파소

의 따뜻한 손길을 느낀 백하는 울컥 감정이 복받쳐 올랐다. 그러나 당나라 진영으로 가야하는 파소에게 무거운 짐을 지울수는 없었다. 백하가 입술을 질끈 깨물어 울음을 삼켰다. 그리고 파소를 힘껏 껴안았다.

"반드시 돌아오겠다고 약속해 줘요."

"해가 뜨기 전에 돌아올게."

"돌아올 때까지 잠들지 않고 기다릴게요. 꼭 기다릴게요."

파소의 귓가에서 백하가 중얼거렸다. 간절한 목소리가 파소의 심장을 파고들었다.

시미는 성벽 위에 올라 어두운 밤하늘을 올려다보았다. 땅위에서는 생사를 가르는 전투가 계속되는데 하늘 높이 박힌별들은 고요하게 반짝였다. 검은 구름 하나 없는 청명한 밤하늘에 거대한 강을 이룬 별들이 무수히 흐르고 있었다. 그 속에서 시미는 고구려의 운명을 가리키는 별을 찾으며 슬픔에 젖었다. 차가운 두 손을 만지며 성벽 위를 서성이던 시미는 결심이 선 얼굴로 걸음을 멈추었다. 그리고 별이 보이는 먼 하늘을 향해 맥궁을 들어올렸다. 손 안에 단단한 나무의 결과 팽팽한 활시위의 힘이 느껴졌다. 별을 노려보던 시미가 괴로운표정으로 활시위를 힘껏 당겼다 놓았다. 안시성을 떠난 화살

이 어둠을 가르고 멀리 날아갔다. 당나라 진영이 있는 쪽이었다.

파소와 기병들은 산등성이를 올라 성곽 뒤편으로 움직였다. 성 외부에서 보면 식별하기 어려운 암문이 그곳에 있었다. 파소와 기병들은 암문을 열어 차례로 말을 끌고 안시성을 빠져나왔다. 암문 앞으로 이어진 수풀을 지나자 계곡이 나왔다. 산에서 흘러나온 물이 바위를 타고 넘으며 주위를 물소리로 가득 메웠다. 말에 올라탄 파소가 계곡을 따라 내려갔다. 싱그러운 풀을 먹이고 푹 재운 말의 움직임이 활기차고 부드러웠다.

계곡이 끝나는 지점은 안시성 앞으로 이어진 벌판의 서쪽이었다. 억새풀이 길게 몸을 빼고 자라서 바람 따라 머리를 흔들었다. 파소와 기병들이 억새풀을 헤치며 나아갔다. 달이 뜨지 않아 사방에 어둠이 내려앉은 밤이었다. 선두로 나아가던 파소가 눈을 치켜뜨고 당나라 진영까지의 거리를 가늠했다.

저 멀리 환하게 타오르는 횃불이 보였다. 주위로 번진 불빛을 빌려 당나라군들이 밤늦도록 흙을 나르고 있었다. 움직이는 방향으로 시선을 따라가니 거대한 토산이 보였다. 빠른 속도로 몸집을 불리는 중이었다. 이세민이 미리 말을 전하지 않았다면, 안시성 벌판에 산 하나가 솟아났다고 생각했을지도 몰랐다. 파소가 눈에 힘을 주고 적진을 살폈다. 어깨 높이로 손을 들어 뒤를 따르는 기병들에게 신호를 보냈다. 기병들이 등자에 건 발을 움직여 말을 부렸다. 산보를 하듯이 천천히 나아가던 말이 뒷발에 힘을 주고 속도를 높였다. 땅을 박차는 말의 진동이 온몸에 전해지면서 팽팽한 긴장감이 퍼졌다.

선두에 선 파소가 막사를 향해 돌진하며 부하들을 이끌었다. 반딧불이의 불빛처럼 작은 점으로 보이던 횃불이 눈앞에 점점 커져갔다. 횃불 주변에서 보초를 서고 있는 당나라군이 가까워지면서 기병들이 창을 쥐고 날을 세웠다. 당나라군이 이상한 낌새를 채고 몸을 돌리자 파소가 활을 당겨 화살을 쏘았다. 당나라군은 검은 그림자가 달려드는 모습을 제대로 보기 전에 가슴에 화살을 맞았고, 서너 명의 군사들은 연달아 다리가 꺾이면서 쓰러졌다. 어둠 속에서 튀어나온 파소와 기병들이 남은 군사들에게 달려들어 칼로 목을 그었다.

속도를 줄이지 않고 그대로 방향을 틀어 나아간 곳은 막사가 모여 있는 곳이었다. 줄지어 늘어선 막사들 속에서도 황금빛으로 빛나는 막사가 한눈에 보였다. 황제의 막사를 에워싸고 경계를 서던 당나라군들이 파소와 기병들을 발견하고 소리쳤다.

"누구냐!"

파소는 대답 대신 화살을 쏘며 기병들에게 말했다.

"이세민을 찾아라."

기병들이 동시에 말에서 뛰어내렸다. 황금빛 막사는 여러 겹으로 되어 있었으며, 공간이 나뉘어 있어 사방에서 밀고 들어가도 서로가 보이지 않았다. 기병들이 창으로 막사를 찢으며 배를 갈랐다. 그러나 막사 어느 곳에서도 이세민의 모습은 보이지 않았다. 사선으로 그어진 장막 사이로 막사 안이 보이기 시작할 때 파소는 불길한 예감이 스쳤다. 황제의 막사가 이리도 허전하단 말인가.

그때였다. 주변이 환하게 밝아졌고, 당황한 기병들이 불빛에 떠밀리듯 막사 안으로 모여들었다. 파소와 기병들이 가운데로 몰리면서 황급히 막사 입구를 살폈다. 눈이 시리도록 밝은 불빛 너머로 수백 명의 당나라군들이 보였다. 모두 화살을 들어 파소와 기병들을 겨누고 있었다.

기병대 부장이 파소를 향해 절망스러운 목소리로 말했다.

"함정입니다. 기습이 노출됐어요. 성안에 밀고자가 있는 게 분명합니다."

파소는 자신을 향하는 수백 발의 화살을 마주했다. 그리고 그 뒤에서 막사 안을 지켜보는 이세민을 발견했다. 목숨을 건

기습이었다. 안시성의 마지막 돌파구였다. 파소는 밀고자에 의해 허무하게 기회가 날아간 것에 분노했다. 분노가 치민 파소가 고함을 외치며 손에 쥔 창을 던졌다. 창이 묵직하게 허공을 가르며 순식간에 이세민 앞으로 날아갔다. 그러나 이세민의 눈앞에 이르기 전에 여러 개의 방패가 뻗어 나와 길을 막았다. 단단한 쇠에 맞부딪친 창이 무거운 마찰음을 내며 바닥에 나뒹굴었다.

황제의 곁을 지키고 서 있던 당나라 장수 방연이 외쳤다.

"쏴라!"

호위부대가 동시에 활시위를 놓았다. 황금막사 안에 갇힌 파소와 기병들을 향해 화살들이 쏟아졌다. 파소의 머릿속에 번쩍 불이 일었다.

"성주에게 알려야 한다. 탈출하라!"

파소와 기병들이 찢고 들어온 방향으로 다시 몸을 돌렸다. 재빠르게 뛰어나간 기병들이 몸을 날려 말에 올랐다. 뒤늦은 기병들은 화살을 맞고 앞으로 푹 쓰러졌다. 말안장에 앉은 파소가 입을 악다물고 말을 몰았다. 당나라군들은 진영을 빠져나가는 파소와 기병들을 향해 활을 다시 조준하였고, 사정거리를 길게 잡아 화살을 쏘았다. 화살촉이 기병들의 등을 파고들면서 숨이 막히고 뼈가 부서지는 고통에 몸을 비틀었다. 파소의 어깨와 허리에도 서너 발의 화살이 연달아 박혔다. 정신이 아찔해진 파소는 온몸에 힘이 빠졌다. 화살이 꿰뚫은 부위가 불에 덴 듯 뜨겁게 타올랐다. 파소는 달려드는 당나라군들을 향해 가까스로 칼을 휘두르면서도 고삐를 놓지 않았다. 뒤따라 달리던 기병들이 비명과 함께 시야에서 사라졌다. 파소를 따르던 부장이 이어지는 공격에 파소 뒤를 막아 화살을 받아냈다. 부장의 몸과 말에 화살이 무수히 날아들었다. 화살이 박힌 말이 거친 울음을 울며 다리를 꺾고 고꾸라졌다. 하나둘 기병들이 사라지는 동안에도 파소는 아득한 정신을 부여잡으며 말을 몰았다. 고통에 악다문 이가 깨져 입안에 돌고 온몸에 피가 흘러내렸다. 가까스로 호위부대의 사정거리를 벗어난 파소가 억새풀 사이를 다시 지났다. 말안장에 의지한 파소의 몸이 바람에 눌린 수풀처럼 힘없이 휘청거렸다.

양만춘은 문루를 서성거렸다. 집무실에 앉아 파소의 기습을 기다리려고 하였으나 어지러운 마음을 주체하기 어려웠다. 숨을 크게 들이마시고 당나라 진영을 살피고 다시 숨을 깊이 마시기를 반복하였다. 당나라 진영에는 촛불처럼 작게 보이는 불빛들 외에는 아무것도 보이지 않았다. 다급하게 움직이는 수백의 군사들도 없었으며, 위급한 상황을 알리는 뿔피리 소리도 들리지 않았다. 당나라 진영은 아무 일이 없는 것처럼 고요했다. 양만춘은 아무 일이 없기에 불안했다.

"당군 진영에서는 아무런 동요가 없습니다."

추수지가 무거운 목소리로 말했다.

"실패한 건가?"

양만춘이 침통한 심정으로 성 밖을 응시했다. 어둠에 잠긴 벌판이 깊은 수렁처럼 아득했다.

그 시각, 암문이 있는 성첩에서 경계를 서고 있는 안시성 군사의 눈에 느리게 움직이는 그림자가 보였다. 군사는 숨을 죽이고 그림자의 정체를 파악하기 위해 몸을 내밀었다. 한쪽 다리를 바닥에 끌며 가까스로 걸어오는 그림자는 파소였다. 파소는 등에 수십 발의 화살이 박혀 마치 마구잡이로 솟은 나뭇가지처럼 보였다. 군사가 파소의 얼굴을 확인하고 놀라 암문을 열고 뛰어나갔다. 파소의 팔을 붙들고 부축하자 옅은 숨소리가 들렸다. 성안으로 들어오자 군사들이 파소를 부축하여 관아로 향했다.

밤이 깊도록 파소를 기다리던 양만춘과 무관들은 성첩을 내려왔다. 이미 기습이 훨씬 지난 시간이었다. 아무도 입을 열지 않았지만 모두 기습의 결과를 짐작하고 있었다. 관아 앞에 이르렀을 때 군사 하나가 양만춘 앞으로 달려왔다.

"성주! 파소님이······."

말을 마치기도 전에 양만춘이 관아 안으로 뛰어 들어갔다.
침상에는 고슴도치처럼 등에 화살을 맞고 누운 파소가 있었
다.

"파소!"

양만춘이 숨을 들이키며 파소를 안았다.

"성주 죄송합니다. 기습은······ 실패했습니다. 하, 함정이었습
니다. 밀고자가 있었습니다."

양만춘이 미간을 구기며 눈가를 찡그렸다. 무어라 말을 하
려던 파소는 숨이 막혔다. 파르르 눈꺼풀을 떨며 의식이 멀어
졌다.

"정신 차려라! 파소!"

양만춘이 파소의 몸을 흔들며 애원했다. 파소가 양만춘의
팔을 잡고 신음처럼 말을 내뱉었다. 목 안에서 막히는 숨을 거
칠게 끌어 모으느라 말 사이가 힘겨웠다.

"성주······ 백하에게······ 백하에게 전해주십시오. 기다리지
말고······ 먼저 잠들라고······."

온힘을 다해 마지막 말을 전한 파소의 숨이 끊어졌다. 두
눈을 감기 전에 혼이 풀린 파소의 시선이 허공에 머물렀다. 더
이상 안시성에 머물지 않는 파소의 두 눈은 깊고 맑았다. 파소

의 죽음을 지켜본 사람들은 숨소리조차 내지 못했다. 무거운 침묵이 온몸을 짓눌렀다.

갑자기 관아 밖이 소란스러웠다. 벌컥 문을 열고 백하가 뛰어 들어왔다. 뒤이어 시미도 따라 들어섰다. 사람들이 백하를 발견하고 뒤로 물러나 길을 내주었다. 양만춘도 파소를 눕히고 자리에서 일어났다. 백하는 핏기가 가신 얼굴로 그 자리에 몸이 굳었다. 바닥에 힘없이 팔을 늘어뜨린 사내가 파소라는 사실이 믿기지 않았다. 백하는 무겁게 발걸음을 옮기며 파소에게 다가가다 다리에 힘이 풀려 바닥에 털썩 주저앉았다. 그리곤 파소의 주검을 끌어안고 중얼거렸다.

"파소…… 파소……."

이름을 불러도 대답은 들리지 않았다. 백하가 파소를 세게 끌어안으며 생각했다. 온 세상이 무너져 버렸다고. 하염없이 눈물을 흘리던 백하가 문득 고개를 들어 시미를 찾았다. 그리고 시미를 향해 애원했다.

"시미 언니. 파소의 혼이 아직 이 근처에 있을 거예요. 제발 그의 혼을 다시 돌아오게 해줘요. 제발, 파소를 살려주세요!"

시미의 얼굴이 굳어졌다. 자신에게 쏟아지는 시선을 느낀 시미는 두려운 듯이 뒷걸음질을 했다. 그러다 문득 어디로도 갈 곳이 없다는 사실을 깨닫고 힘겹게 말했다.

"나는 파소를 살릴 수 없어. 파소를 죽게 만든 장본인이 나니까."

사람들이 의아한 얼굴로 시미를 보았다. 시미의 말이 무슨 의미인지 알 수 없었다. 시미가 사람들의 얼굴을 바라보다 울음을 터뜨렸다.

"내가 알렸어요. 활에 편지를 매달아서 야습 계획을 적어 날렸어요."

시미의 목소리가 파르르 떨렸다. 백하가 믿을 수 없다는 얼굴로 시미를 바라보며, 배신감에 몸서리를 쳤다.

"도대체 왜……."

"미안하다, 백하야. 난 이 성을 살리려고 한 거야. 그렇지 않으면, 안시성은 항복할 기회조차 없어져버리니까."

시미의 눈가에서 눈물이 뚝뚝 흘러내렸다. 이를 지켜보던 양만춘은 뾰족한 가시가 심장을 훑고 지나가는 것처럼 아팠다. 싸늘해진 파소의 주검, 산산조각이 난 백하의 마음, 당나라 진영에서 돌아오지 못한 기병들, 항복할 기회를 만들기 위해 배신한 시미. 마음 깊은 곳에서 분노와 슬픔이 엉망으로 뒤엉켰다.

"성주, 신녀가 파소님을 죽게 했습니다."

충격을 받은 추수지가 목소리를 높였다. 그러자 풍과 활보가 맞장구를 쳤다.

"용서할 수 없습니다."

"맞습니다, 성주."

양만춘이 굳은 얼굴로 시미를 응시했다.

"정말 그대가 그런 것이오?"

추수지가 끼어들었다.

"성주, 뭘 물어보십니까? 지금 하는 말을 듣지 않았습니까?"

"나는 당신들을 살리기 위해 온 거에요. 고구려의 신은 이미 우리를 버렸어요. 그들은 우리를 구하지 못해요. 나랑 함께 황제에게 가요. 그럼 우리 모두 살 수 있어요."

시미의 얼굴은 두려움으로 가득했다. 양만춘을 보고 있었으나 눈앞에 보이는 것은 안시성이 무너지는 환영 같았다. 시선이 멀고 아득한 어둠속에 있었다. 시미가 간절한 얼굴로 양만춘에게 손을 뻗었다. 양만춘은 시미의 손을 잡는 대신 허리에 차고 있던 칼을 빼들었다.

양만춘이 표정을 일그러뜨리며 말했다.

"그만 하시오."

예리한 칼날이 시미를 향했다. 갑자기 시미가 사람들을 향해 돌아보며 목소리를 높였다.

"고구려의 신녀로서 고합니다! 우리는 이 전쟁에서 질 수밖에 없어요! 그것이 신의 뜻입니다! 안시성을 황제에게 넘기세요! 그러면 모두가 살 수 있습니다!"

시미의 목소리가 울릴 때마다 역병이 번지듯 두려움이 퍼져나갔다. 사람들은 신녀의 예언에 몸을 떨었다. 두 번의 승리로 생겨난 가느다란 희망이 순식간에 사라지는 순간이었다. 신녀의 예언을 듣는 동안 위력적인 토산을 발판삼아 안시성으로 쏟아져 들어온 당나라 대군이 눈앞으로 달려오는 착각이 일었다. 두려움은 의지를 마르게 하고 온몸을 굳게 만들었다. 어느새 모여든 성민들이 웅성거리며 신녀의 말을 전했다. 전쟁에서 질 것이다. 그것이 신의 뜻이다. 안시성 문을 당황제에게 열어주면 모두가 산다. 신녀의 이야기가 꼬리에 꼬리를 물며 전해졌고, 혼란스러운 소용돌이를 일으켰다.

"그만해!"

양만춘이 시미의 얼굴 가까이 칼을 쳐들며 소리쳤다. 양만춘의 눈빛이 절벽으로 몰린 사람처럼 흔들렸다. 시미는 성큼 발을 내딛어 자신의 얼굴을 칼날 앞에 들이밀었다. 시미의 눈빛은 확신으로 가득했다. 패배에 대한 확신이었다.

"누구든 내 말을 믿지 않는 자가 있다면 나를 죽여요."

시미가 양만춘의 시선을 마주보았다. 두 사람의 거리는 가까웠으나 서로 바라보고 있는 것은 아득하게 멀었다.

"제발, 모두를 죽음으로 몰지 마세요."

양만춘은 물러설 수 없었다. 여기서 칼을 거둔다면 안시성 성주가 신녀가 예언한 패배를 인정하는 것과 다름없었다. 안시성 군사들은 패배하기 위해 싸우지 않을 것이다. 자신을 죽음으로 이끄는 성주를 따르지 않을 것이다. 그러나 과거의 인연을 차마 단칼에 베어버릴 수는 없었다. 양만춘은 칼자루를 손에 쥐고 머뭇거렸다. 까마득한 절벽으로 떨어지는 것처럼 아찔한 순간이었다. 결단을 내린 양만춘이 머리 위로 칼을 올렸다. 시미를 베려는 순간 시미가 숨이 막히는 소리를 내며 울컥 피를 토했다. 입에서 붉은 피가 쏟아졌고, 시미는 그 자리에 무릎을 꺾으며 쓰러졌다. 무관들이 놀라 시미의 주위를 살펴보니 사물이 피가 흐르는 단검을 들고 서 있었다. 연개소문이 내린 단검이었다. 시미의 몸에서 흘러나온 피가 사물과 양만춘이 서 있는 자리까지 번졌다. 양만춘이 느리게 칼을 내렸다.

"안시성은 지지 않는다."

사물이 혼잣말처럼 중얼거렸다. 그러나 모두가 그 말을 들었다.

고 구 려 의 신 은 우 리 를 버 렸 습 니 다

13. 서쪽 바다에서 둘이
다시 만날 것이다

파소의 거처에 한줄기 햇빛이 새어들었다. 거처 한가운데 놓인 관에는 파소가 평온한 얼굴로 잠들어 있었다. 백하는 파소의 검은 머리카락부터 날렵한 콧대와 단단한 턱선을 눈에 새기고 가슴에 새겨서 오래도록 간직하려는 듯 끊임없이 바라보았다. 그러나 울컥 치미는 슬픔에 심장이 산산이 깨어져 나가는 듯한 고통이 일었다. 파소의 주검 앞에서 밤을 지새우며 백하는 깨달았다. 파소와 함께 만들었던 세상이 무너졌다는 것을, 이제 폐허가 된 세상에서 홀로 살아가야 한다는 것을. 백하가 입술을 파르르 떨며 파소에게 마지막 인사를 건네고 일어섰다. 무장을 한 백하가 파소의 거처를 나섰다. 밖으로 나온 백하의 얼굴에는 단호한 결의가 서려있었다.

양만춘은 집무실 창가에 서서 간밤의 일을 곱씹었다. 화살 세례를 맞고 죽어간 파소와 사물의 단검에 피를 흘리며 죽은 시미. 기억을 돌이킬수록 비통한 심정이었다. 부하를 사지에 몰아넣었다는 죄책감이 목을 조였다. 괴로운 얼굴로 고개를 흔들어 생각을 떨쳐내면 패배할 것이라 단언하는 시미의 목소리가 따라붙었다. 양만춘이 두 손으로 마른세수를 했다. 토산은 날로 거대해져 가는데 안시성의 상황은 암담해지고 있었다. 양만춘은 답답한 마음에 먼 하늘을 바라보았다. 높이 솟은 성벽을 넘어 날아가는 새들이 보였다. 그때 문밖에서 다급한 발소리가 들렸다. 집무실 문을 열고 양만춘 앞에 나타난 사람은 백하의 부하인 달래였다.

"큰일 났습니다. 백하 아가씨께서 토산을 보러 나온 이세민을 보고는…… 파소님의 복수를 하겠다고."

달래의 말이 끝나기도 전에 양만춘은 심장이 덜컹 내려앉았다. 탁자 위에 올려둔 칼을 챙겨들고 집무실을 뛰쳐나갔다.

안시성 벌판에 자리한 토산은 빠르게 몸집을 불렸다. 말을 탄 이세민이 토산을 둘러보며 생각했다. 안시성 성벽보다 높이 쌓아 단숨에 넘어가겠다고.

이세민이 결의에 찬 목소리로 뒤를 따르는 장수들에게 말했다.

"머지않아 저 성을 발밑에 두겠구나."

당나라 장수들이 만족스러운 표정을 지으며 화답했다.

막사로 돌아가기 위해 이세민이 말을 돌리려는 찰나 토산 뒤편에서 소란스러운 소리가 들렸다. 군사들이 누군가를 향해 고함을 쳤고, 간간히 비명이 터졌다. 이세민이 소리가 나는 방향을 찾아보니 백하가 당나라군을 향해 화살을 쏘고 있었다. 백하의 손을 떠난 화살은 당나라군을 표적으로 삼아 날아갔고, 한 발도 빗겨가는 일이 없었다.

이세민이 시야를 넓게 보며 백하의 뒤를 따르는 부하들이 있는지 살폈다. 그러나 주위에는 아무도 없었다.

"계집인가? 대담한 것이냐? 무모한 것이냐?"

이세민이 흥미로운 목소리로 말했다.

당나라군이 모여들어 백하의 말을 향해 창을 세웠다. 말이 넘어지기 전에 땅으로 뛰어내린 백하가 칼을 휘둘렀다. 백하는 시선을 빠르게 움직이며 이세민과의 거리를 가늠했다. 사이에 끼어드는 당나라군에게는 주저 없이 칼을 찔러 넣었다. 백하의 칼이 스친 당나라군의 목에서 피가 흘렀다. 적들이 쓰러지는 틈으로 사정거리를 가늠하던 백하는 이세민을 향해 길이 나는 순간 쇠뇌를 들어 화살을 쏘았다. 예리하게 벼려진 화살촉이 허공을 울리며 이세민의 머리를 향해 날아갔다.

당나라 장수 방연이 이세민을 향해 다급하게 외쳤다.

"위험합니다!"

이세민이 넘어지듯 옆으로 몸을 기울였다. 화살이 귓바퀴를 스쳐 지나가며 바람을 일으켰다. 이세민은 가까스로 화살을 피했으나 화살촉이 스치면서 머리카락을 묶은 고리를 깼다. 장식이 부서지면서 이세민의 머리가 흘러내려 산발이 되었다. 등골이 서늘해진 이세민의 얼굴에 핏기가 가셨다. 황제의 안위를 확인한 방연이 백하를 노려보았다.

"막아라!"

호위부대가 일제히 백하를 둘러쌌다. 백하는 마지막을 예감하면서 파소를 떠올렸다. 대열을 맞춘 호위부대가 주저 없이 백하의 몸에 창을 찔러 넣었다. 숨이 막힌 백하가 온힘을 다해 쇠뇌를 들어올렸다. 그러나 팔은 더 이상 움직이지 않았다.

"살아있다. 죽여라!"

방연이 소리를 내지르자 호위부대가 백하의 몸에서 창을 빼냈다. 그리고 다시 자세를 잡고 창을 뻗으려는 순간이었다. 호위부대 중 하나가 창을 땅에 꽂으며 쓰러졌다. 이어 옆에 서 있던 군사들도 연달아 화살을 맞았다. 대열이 흐트러지자 방연이 화살을 쏜 자를 찾아 시선을 돌렸다. 호위부대를 향해 돌진해온 사내가 빈틈으로 치고 들어와 백하를 낚아채었다. 백하는 사내의 얼굴을 마지막으로 바라보고 정신을 잃었다.

"양만춘이다! 저 놈이 양만춘이다. 잡아라!"

지켜보던 이세민이 번뜩 눈을 치켜뜨고 핏대를 세웠다. 먼 거리에서 보았지만 안시성 성주가 분명했다. 이세민의 외침에 당나라군들이 양만춘을 뒤쫓았다. 말안장에 백하를 올린 양만춘이 안시성으로 방향을 돌려 말을 몰았다. 앞으로 나아가면서도 팔을 들어 뒤를 향해 화살을 쏘았다. 양만춘을 추격하던 군사가 날아오는 화살을 피하다가 말머리를 땅에 처박고 엎어졌다. 빗나간 화살이 날아가 다른 군사의 팔에 꽂혔다.

양만춘이 당나라 진영과 안시성 성벽 사이를 가로질러 질주했다. 그 뒤에는 한 무리의 당나라군들이 바짝 따라붙었다. 안시성 무관들과 함께 성첩에 오른 추수지가 긴장하며 거리를 살폈다. 당나라군들이 사정거리에 가까워지는 순간이었다.

"성주를 지켜라!"

일정한 간격으로 배치된 안시성 군사들이 활을 들어 화살을 퍼부었다. 그러자 당나라군들이 빗발치는 화살에 급하게 말을 멈추었다. 말고삐에 머리가 당겨진 말들이 거칠게 우는 소리가 벌판을 울렸다. 그 사이 성문 앞에 다다른 양만춘이 급히 안으로 들어갔다. 당나라군들은 성문을 응시하며 한동안 서성거렸다. 양만춘이 사라진 자리에는 흙먼지가 어지러웠다. 이세민은 아수라장이 된 진영을 돌아보며 바득바득 이를 갈았다.

양만춘이 들어오자 성문은 다시 굳게 닫혔다. 안쪽에서 기다리던 달래와 백하의 부하들이 모여들었다. 성첩에서 공격을 지시하던 추수지와 무관들도 단숨에 계단을 뛰어내려왔다. 양만춘은 말에서 백하를 안아 내렸다. 잠이 든 백하를 깨우는 것처럼 몸을 흔들었다.

"안 된다 백하야……. 나를 봐라. 나를 봐!"

양만춘의 목소리가 거칠게 갈라졌다.

"백하야…… 백하야!"

애타게 이름을 불러도 백하는 대답이 없었다. 혼이 빠져나
간 손은 힘없이 늘어져 있었다. 백하의 따뜻한 숨결과 다정한
말소리는 이미 이 세상에서 사라진 후였다. 양만춘은 온몸이
찢기는 고통을 느끼며 허공에 절규했다.

원형 광장에 두 개의 관이 놓였다. 함께 살고 함께 떠나는
이들이었다. 관에 누운 백하와 파소 주변으로 사람들이 모였
고, 손에는 마지막 인사를 전하는 꽃송이가 들려 있었다.

장례를 지내는 여인이 구슬픈 목소리로 노래를 불렀다. 어
둡고 무거운 음이 주위를 휘감았다. 양만춘이 얼어붙은 듯이
서서 둘을 바라보았다. 회한이 깊어 발이 무거웠다.

소벌도리가 다가와 단정한 어조로 말했다.

"성주. 이제 파소와 백하를 보내주십시오."

양만춘의 눈가가 파르르 떨렸다.

"다른 군사들처럼 무덤을 따로 쓰지 말고 시신을 강물에 떠
나보내라. 서쪽 바다에서 둘이 다시 만날 것이다."

양만춘은 입술을 지그시 깨물었다. 부장들이 앞으로 나와
파소와 백하의 관을 덮었다. 그 모습을 지켜보던 달래가 울음
을 터뜨렸다. 파소와 백하의 관이 사람들 손에 옮겨졌다. 사물

은 꼿꼿한 자세로 서서 애통한 심정을 억눌렀다. 주먹을 쥔 손 안으로 손톱이 깊게 파고들었다.

장례가 끝나고 사물은 갑옷을 입었다. 처소를 정리하고 말을 찾아 성곽 뒤편의 산맥을 올랐다. 협곡을 따라 말을 끌고 나오자 소벌도리가 뒤따라왔다. 협곡을 지나 암문으로 나가면 안시성을 벗어나는 길이었다. 사물의 인사를 들은 소벌도리가 만류했다.

"사물아, 평양성으로 가는 길에는 당군이 매복하고 있을 거다. 뚫고 가기 힘들 거다."

"그래도 해야만 합니다."

사물은 단호했다. 소벌도리는 흔들림이 없는 사물의 눈을 마주보았다. 정적이 흐르는 동안 소벌도리는 깨달았다. 사물은 이미 마음의 결정을 내린 것이다. 더 이상 만류한다면 시간만 지체될 것이다. 소벌도리가 입안에 맴도는 말을 삼켰다. 사물을 힘껏 끌어안아 인사를 대신했다.

사물이 평양성으로 출발하자 소벌도리는 관아에 가서 그 소식을 전했다. 양만춘이 뒤늦게 이야기를 듣고 안타까운 목소리로 말했다.

"무모한 일입니다."

"사물이 성주께 말을 전해달라고 했습니다. 연개소문의 멱

살을 잡아서라도 지원군을 데리고 올 테니 돌아올 때까지 반
드시 버텨달라고요."

옆에서 듣고 있던 추수지가 끼어들었다.

"사물님이 당군의 포위망을 뚫고 평양성으로 간다고 해도
문제입니다. 사물님은 성주를 제거하라는 연개소문의 명령을
수행하지 않았습니다. 연개소문은 자신의 명을 어기는 자는
절대로 용서하지 않습니다. 사물님은 죽게 될 겁니다. 그걸 알
면서도……."

추수지는 끝까지 말을 잇지 못했다.

안시성을 떠난 사물은 평양성을 향해 달렸다. 산속을 헤치
고 내려와 평지를 밟는 순간 옆구리로 화살 한 발이 날아들었
다. 빗겨 맞은 화살촉이 갑옷을 뚫지 못하고 미끄러지듯 튕겨
나갔다. 가시거리가 먼 곳에서 날아온 화살이었다. 사물이 고
개를 돌려 바라보니 멀리서 열 명의 당나라군들이 말을 타고
뒤쫓아 오고 있었다. 당나라 진영과 안시성 사이에서 순찰을
돌던 병사들이었다. 무리 중 한명이 선두로 나서며 소리를 질
렀다.

"고구려 놈이다. 잡아라!"

당나라군이 속도를 높이며 사물을 뒤쫓았다. 말등자에 발

을 걸고 고삐를 잡아당기며 사물은 생각했다. 너른 벌판에서 속도전을 펼친다면 홀로 달리는 내가 불리할 것이다. 속도를 내기 어렵고 시야가 넓지 않은 곳으로 가야한다. 사물이 급히 방향을 틀어 우거진 관목림으로 향했다. 풀이 우거진 숲에서 사물은 계속 달렸다. 토산이 완성되기 전에 지원군이 와야 승산이 있는 싸움이었다. 시간이 지체된다면 이 모든 일들이 물거품이 될 터였다. 심장 뛰는 소리가 귓가에 가득했다. 숨이 턱까지 차올랐으나 고삐를 놓지 않았다. 관목림을 지나 다시 나무들의 키가 낮아지고 벌판이 이어졌다.

숲이 끝났다고 생각하던 찰나 뒤에서 추격해오는 당나라군이 보였다. 그리고 눈앞에는 벌판이 끝나고 까마득한 절벽이 나타났다. 사물의 등에 서늘한 땀이 맺혔다. 사물이 주춤거리며 속도를 늦추는 사이 바짝 추격해온 당나라군이 칼을 빼들고 덤볐다. 머리 위로 휘두른 칼날이 사물의 등을 가르려는 찰나 사물이 말고삐를 틀어쥐고 허공으로 몸을 날렸다. 칼날이 아슬아슬하게 스치면서 사물이 말의 긴 울음과 함께 절벽 아래로 떨어졌다. 당나라군들이 말에서 내려 사물이 사라진 곳으로 고개를 내밀었다. 밑을 내려다보니 우거진 나무들에 매달린 풍성한 잎들에 가려 사물의 모습이 보이지 않았다. 당나라군들은 아득한 높이를 눈으로 재며 귀를 세웠다. 절벽 아래에서는 말발굽 소리나 말울음이 들리지 않았다. 눈을 마주치고 시선을 교환한 당나라군들이 자리를 떠났다.

축축하고 기다란 혀가 뺨을 훑었다. 사물은 끈적끈적하고 미지근한 느낌에 번쩍 눈을 떴다. 매끈한 콩알 같은 검은 눈이 코앞에 보였다. 말이 사물의 얼굴을 핥는 중이었다. 절벽 아래로 뛰어내리면서 무성한 잎들을 충격을 완화한 모양이었다. 그러나 나뭇가지를 부러뜨리며 땅에 처박힌 사물의 정신이 맑아지자 이내 온몸이 끊어지는 듯한 고통이 밀려왔다. 몸을 일으키려고 팔을 뻗으려하자 낮은 신음이 흘렀다.

사물이 고개를 들어 하늘을 바라보았다. 아직 해는 저물지 않았다. 지체할 시간이 없었다. 사물이 근처 나무 기둥에 기대어 두 발로 서자 갈비뼈 사이로 날카롭게 찌르는 통증이 느껴졌다. 사물이 이를 악다물며 몸을 돌렸다. 말이 고개를 숙여 몸을 낮추었다. 가까스로 말에 올라 다시 평양성을 향해 달려가기 시작했다.

평양성으로 향하는 사물은 그 무엇도 확신할 수 없었다. 무사히 평양성에 갈 수 있을 것인지, 연개소문 앞에 서자마자 처형당하지 않을지, 지원군을 요청하자마자 반역자로 몰리지 않을지. 애초에 연개소문의 명에 따라 들어간 안시성이었으니 아무것도 하지 않은 채 돌아가 처형된다 해도 이상하지 않은 일이었다. 그러나 사물은 마음 깊은 곳에서 느껴지는 이상한 확신이 있었다. 안시성 군사들은 당나라에 맞서 싸우는 최고의 고구려인이다. 고구려에 승산이 있다면 그건 바로 안시성이다. 사물은 안시성에서 태산 같았던 불신을 무너뜨리고 유일하게 희망을 보았다. 안시성을 위해 할 수 있는 일이 있다면 오직 이것뿐이었다. 사물은 마음속에서 쉴 새 없이 흔들리던 바늘을 멈추고, 바늘이 가리키는 방향으로 달렸다. 평양성으로 향하는 길이었다.

깊은 새벽, 잠에 들지 못한 양만춘이 집무실을 나왔다. 성첩에 올라 공허한 마음을 달래기 위해서였다. 성벽을 오르자 찬바람이 목덜미를 스치며 서늘한 기운을 더하였다. 멀리 내다본 당나라 진영은 짙은 안개에 휩싸여 스산한 늪지대를 연상시켰다. 발을 내딛으면 몸이 빠져들어 깊이 잠겨버릴 것 같은 착각이 일었다.

양만춘은 마른기침을 하며 주위를 돌아보았다. 밤새 교대를 하며 성첩을 지키는 군사들이 하나도 보이지 않았다. 이상한 낌새에 성루로 향했으나 그 누구도 보이지 않았다. 무슨 일인지 묻기 위해 성곽을 내려가려던 찰나 성문 앞으로 거대한 토산이 보였다. 양만춘이 놀란 얼굴로 살피니 안개에 휩싸인 토산은 마치 커다란 무덤처럼 보였다. 가까이 가서 보니 토산은 흙이 아니라 고구려군들의 주검이었다. 양만춘이 기함을 하며 숨을 삼켰다. 토산은 몸집을 불리며 커져갔고 수많은 시신들 사이에는 파소와 백하도 있었다. 양만춘의 얼굴에 핏기가 가셨다. 토산의 제일 위에는 사물이 있었다. 사물은 눈을 뜬 채 양만춘을 향해 손을 뻗었다. 사물을 발견한 양만춘이 창백해진 얼굴로 달려갔다. 손을 잡아끌기도 전에 사물의 팔다리가 검게 변하기 시작했다. 그리고 순식간에 검은 재로 변하며 허공으로 사라졌다. 몸을 내밀어 필사적으로 팔을 뻗은 양만춘이 중심을 잃고 성벽 아래로 떨어졌다. 까마득한 어둠이 입을 벌리고 있었다.

헉, 헉. 양만춘이 거친 숨을 몰아쉬며 꿈에서 깨어났다. 주변을 돌아보니 푸른 어스름이 깔린 새벽이었다. 밤새 비를 맞은 사람처럼 온몸이 땀으로 젖어있었다. 처참하게 죽어간 안시성 군사들과 파소, 백하의 모습이 머릿속에서 지워지지 않았다.

"모두 내 탓이다……."

양만춘이 힘없이 혼잣말을 했다.

날이 밝자 추수지가 집무실로 찾아왔다. 안시성 지도를 사이에 두고 앉은 두 사람의 안색이 어두웠다.

"토산이 얼마나 진척 되었나?"

양만춘이 추수지를 향해 물었다.

"열흘 후면 완성될 것 같습니다."

추수지가 대답했다. 양만춘이 씁쓸한 얼굴로 침을 삼켰다.

"어제 밤 꿈에 죽어간 군사들을 보았다. 그 속에 파소와 백

하도 있었어. 그리고 사물도……. 그 애는 어떻게 되었을까?"

양만춘의 시선은 허공을 향해 있었다. 초점이 분명하지 않았다.

"성주. 정신 차리세요! 약해지면 안 됩니다. 죽은 자들을 보지 마시고 산 자들을 보십시오. 모두들 성주만 의지하고 있습니다. 성주만 믿고 여기까지 왔습니다. 그들에게 절대로 약한

모습을 보이면 안 됩니다."

추수지의 목소리는 간절했다. 그러나 양만춘의 귓가에는 메아리처럼 희미하게 들릴 뿐이었다.

안시성에는 흉흉한 소문이 돌았다. 토산의 높이가 목책을 넘기 시작하면서부터였다. 성민들이 모일 때마다 소문은 빠르게 퍼졌다. 신녀가 예언을 남기고 피를 토하며 죽었다는 이야기였다. 공포는 바람을 타는 불길처럼 사람들 마음속에 옮겨 붙었다. 두 번의 승리로 쌓은 희망을 태워버리고, 안시성을 지키고자 하는 의지를 재로 만들었다. 토산이 완성되는 날에 안시성이 무너진다. 성민들은 둘만 모여도 예언을 읊었다.

성벽 아래 한 성민이 귀신에 홀린 듯한 얼굴로 토산의 그림자를 바라보고 있었다. 그림자는 깊은 수렁처럼 시선을 끌어들였다. 그는 겁에 질려 중얼거렸다.

"우린 끝날 거야……. 처음부터 이길 수 없는 거였어."

"조용히 해. 사람들이 듣고 있어."

성벽 주변을 순찰하던 우대가 다가와 말했다.

"항복하지 않으면 다 죽을 거야."

"이 새끼가! 닥치라고!"

우대가 남자의 멱살을 잡고 흔들었다. 남자는 안이 텅 비어버린 사람처럼 흔들렸다. 주위를 지나던 사람들이 모여들어 우대를 말렸다. 우대는 남자가 중얼거림을 멈출 때까지 거칠게 몸을 밀고 당기다가 바닥에 내동댕이쳤다. 흙먼지를 일으키며 땅에 주저앉은 남자가 고개를 들었다. 시선은 우대를 넘어 성벽 밖을 향해 있었다.

"우린 결국 다 죽게 될 거라고."

남자의 눈에서 눈물이 흘렀다. 힘없이 떨리는 목소리였으나 주위 사람들의 귓가에 깊이 파고들었다. 성민들이 침통한 얼굴로 토산의 그림자를 보았다.

내 손에 걸리면 안 쪼개지는 놈이 없소이다

14. 안시성으로
지원군을 보내주십시오

평양성 인근 연개소문 막사에 사물이 도착하였다. 경계를
서고 있던 군사들이 창을 겨누었다. 막사 안에서 나온 부장이
사물을 보고 얼굴이 굳어졌다. 부장을 따라 막사 안으로 들어
간 사물이 상석에 앉은 연개소문 앞에 무릎을 꿇었다. 양 옆
에 붉은 찰갑을 입은 부장들이 사물을 노려보았다. 사물이 품
안에서 연개소문이 내린 단검을 꺼냈다. 단검을 본 연개소문
의 표정이 일그러졌다.

"안시성으로 지원군을 보내주십시오."

연개소문의 막사에 정적이 흘렀다. 부장들이 귀를 의심하며

사물에게 되물었다.

"안시성으로 지원군을 보내 달라?"

"그러하옵니다. 안시성의 성주와 군사들은 그들의 목숨을 걸고 적군과 맞서 싸웠습니다. 그들은 놀랍도록 잘 싸웠습니다. 하지만 토산이 완성되면 안시성은 위태로워집니다."

"작은 성 따위를 돕고자 군사를 움직일 수는 없다. 게다가 반역자 양만춘을? 차라리 잘 되었다. 그런 자는 토산과 함께 사라지는 게 좋다."

부장이 냉랭한 목소리로 대답했다. 그러자 사물이 고개를 들었다.

"그는 절대 반역자가 아니옵니다."

"그럼 뭐란 말이냐?"

연개소문이 목소리를 높이며 자리에서 일어났다. 사물에게 다가오는 걸음에 분노가 서려있었다.

"뭐냐 묻고 있다."

"그는 그저…… 한 명의 고구려 사람일 뿐입니다."

사물의 목소리가 가늘게 떨렸다. 연개소문이 콧잔등을 찡그리며 이를 갈았다.

"반역자를 고구려인이라고? 이제는 너 또한 항명을 하겠다는 것이냐?"

"그럴 리가 있겠습니까? 저는 단지……."

"닥쳐라 이놈!"

연개소문이 사물의 말을 자르며 칼을 빼들었다. 예리하게 벼른 칼날이 사물의 목에 닿았다. 차가운 쇠의 감촉을 느낀 사물이 서늘하게 얼어붙었다. 칼날 끝에서 창백해진 사물을 쏘아보며 연개소문이 다그쳤다.

"그 따위 말을 듣고자 너를 안시성으로 보낸 것이 아니었을 텐데? 너에게 준 칼! 그 칼에 맹세한 것은 다 잊은 것이냐?"

"비록 합하를 따르지는 않았으나 그는 목숨을 걸고 당나라 군과 싸우고 있습니다. 그가 왜 싸우겠습니까? 그것은 그가 고구려 사람이기 때문입니다."

사물의 말에 연개소문의 눈빛이 흔들렸다. 사물이 물러서지 않고 말을 이었다.

"우리가 반역자라 함에도 안시성 성주와 성민들은 당나라 군에 맞서 싸우고 있습니다. 그들이 그렇게 싸우고 있는 건 그들 또한 고구려 사람이기 때문입니다. 합하께서 그러하듯 이…… 제가 그러하듯이…… 그들은 고구려 사람이기 때문에 싸우는 것입니다."

감정이 복받쳐 오른 사물의 눈에 눈물이 차올랐다. 연개소문은 복잡한 얼굴로 입을 다물었다. 사물이 바닥에 닿을 때까지 머리를 숙였다.

"성주와 안시성민들은 모두 고구려 사람입니다. 그런데 어찌
그들은 외면하십니까. 제발 안시성을 도와주십시오. 그들을
살려주십시오. 그들도! 그들도…… 고구려 사람입니다!"

사물의 간절한 목소리가 막사에 울려 퍼졌다. 부장들은 냉
랭한 얼굴로 사물을 노려보았다. 연개소문은 칼을 거두지 않
았다.

안시성 원형광장에는 아이들이 모여 있었다. 깔깔거리며 웃
는 소리에 이끌린 양만춘이 아이들 곁에 다가갔다. 고개를 내
밀어 보니 아이들은 흙을 쌓아올려 장난을 하고 있었다. 마치
토산을 쌓는 놀이 같구나. 양만춘은 속으로 말했다. 아이들에
게는 두려움조차 장난거리 밖에 안 되는 모양이었다. 수심이
가득한 얼굴에 쓸쓸한 미소가 번졌다. 아이들은 주위에 누가
있는지도 모른 채 놀이에 집중하고 있었다. 한 손을 내밀어 흙
을 올리고 다른 손으로 다져 흙을 단단하게 만들었다. 그리고
제법 튼튼하게 집을 지었다고 생각될 때 조심스럽게 팔을 당
겨 손을 빼내었다. 처음에는 단단한 모양을 유지하던 흙집이
손을 다 빼내자 무게를 견디지 못하고 무너졌다. 순간 이를 지
켜보던 양만춘의 머릿속이 번뜩였다.

양만춘은 흙이 많은 곳으로 가 자세를 낮추고 흙을 쥐었다. 손 안에 느껴지는 흙의 질감에 집중하다가 다른 손가락으로 흙을 문질렀다. 눈가에 힘이 들어가며 표정이 깊어졌다. 고개를 들어 성벽 너머로 모습을 드러낸 토산을 응시했다. 안시성 벌판의 흙으로 지어진 토산이라. 생각에 잠긴 양만춘이 저도 모르게 혼잣말을 중얼거렸다.

"토산을 무너뜨린다."

벌떡 일어선 양만춘이 급히 성첩으로 향했다.

성첩에서 바라본 토산은 웅장한 형태를 드러내고 있었다. 양만춘의 부름에 모인 안시성 무관들이 모두 토산을 바라보았다. 양만춘이 안시성 벌판의 흙에 대해 묻자 우대가 말했다.

"안시성 주변 흙은 돌 성분이 많이 섞여 있습니다. 그래서 이곳의 흙은 급하게 다지면 서로 잘 엉겨 붙지 않고, 충격에 쉽게 흐트러집니다."

"그렇다면 우리가 토산 밑에 굴을 파서 균형을 무너뜨리면 무너질 수도 있다는 이야기인가?"

추수지가 묻자 우대가 고개를 끄덕였다.

"하중이 높은지라 밑으로 굴을 파서 버팀목을 없애 버리면 토산이 제 무게를 이기지 못하고 무너질 것입니다."

"굴을 파는 것이 그리 쉽지는 않을 텐데. 시간은 맞출 수 있겠습니까?"

이야기를 듣던 풍이 자못 심각한 얼굴을 보였다.

"예부터 우리 안시성에서는 철이 많이 났습니다. 그래서 우리 성내에는 토굴자들이 많이 있습니다."

우대는 낙관적인 대답을 내놓았다. 그러나 활보가 의문을 제기했다.

"또 다른 문제가 있습니다. 토산은 우리 성 쪽으로 경사가 가파르고 반대쪽은 완만해서 산이 무너지면 우리 쪽으로 무너지게 됩니다. 오히려 그러면 당 놈들이 쉽게 넘어오지 않겠습니까?"

무관들의 시선이 양만춘에게 몰렸다. 양만춘이 망설임 없이 대답했다.

"그때에 맞춰 우리가 토산을 점령해야 한다."

무장들이 귀를 의심했다. 그때를 놓친다면 점령당하는 쪽은 안시성일 터였다. 단 한 번의 기회에 안시성의 운명이 걸리게 된다.

단호한 얼굴로 양만춘이 말을 이었다.

"토산을 뺏기면 이세민은 더 이상 방법이 없다. 분명 군사를 물리게 된다."

무관들이 빠르게 시선을 교환하며 고개를 끄덕였다.

성벽 밑에 인부들이 대기했다. 옆에는 흙을 퍼낼 수레와 기구들이 놓여있었다. 인부들을 이끄는 우대의 손에도 곡괭이가 들려있었다. 양만춘은 토굴 입구를 날카롭게 응시하며 생각했다. 이번 전투는 지상과 지하의 대결이 승패를 좌우할 것이라고.

양만춘이 토굴 입구에서 시선을 거두고 우대에게 말했다.

"부탁한다."

"반드시 해내겠습니다."

우대가 힘찬 대답을 하며 목례를 했다.

우대가 지시를 내리자 인부들은 손에 맞는 기구를 찾아들고 흙을 파내기 시작했다. 선두에서 흙을 삽으로 파내면 다음 인부가 지게에 실어 날라 수레에 모았다. 흙이 가득차면 군사들이 멀리 수레를 옮겨 비워내고 돌아왔다. 흙을 파내어 굴을 만드는 일은 밤낮없이 계속되었다. 성 밖에서 토산을 쌓는 당나라군들도 멈추지 않았다. 당나라군들은 지상에 날로 거대해지는 토산을 만들고, 안시성 군사들은 지하로 길게 이어지는 토굴을 팠다.

토굴에 깊이가 생기면서 우대는 나무 기둥을 세울 것을 지시했다. 나무 기둥이 지지대 역할을 하면, 흙을 계속 파내며 더 깊은 토굴을 파고 들어갔다. 성벽 아래로 군사들이 오가며 끊임없이 흙을 날랐다.

양만춘은 성벽 위에서 토산이 올라오는 모습을 지켜보며 초조하게 입술을 깨물었다. 토산이 완성되어 당나라군들이 안시성을 넘어오기 전에 토굴이 이어져야 했다. 무관들도 높이와 깊이를 가늠하며 마음을 졸였다.

전투를 준비하는 것은 토굴에 모인 인부들뿐만이 아니었다. 대장간에서도 망치질 소리가 그치지 않았다. 대장장이들이 날카롭게 벼린 화살촉을 만들어냈고, 다른 곳에서는 백성들이 바퀴살을 만들었다. 토산이 커질수록 성민들의 두려움도 커졌다. 그러나 안시성 백성들은 뒤로 숨어드는 대신 끊임없이 움직였다. 토굴을 파고, 성첩을 경계하고, 화살과 바퀴살을 만들었다.

며칠이 지나고, 이세민은 토산이 완성되었다는 보고를 받았다. 토산은 마치 안시성 벌판에 나타난 산처럼 보였다. 당나라 장수들이 토산 앞에 모여 이세민을 기다렸다. 토산은 안시성 성벽보다 높이 솟아 그 위용을 과시했다.

"장관이로구나."

가슴을 열고 토산을 보던 이세민이 만족스러운 표정을 지었다.

"오늘 하루 군사들을 배불리 먹여라. 내일로 안시성은 끝이다!"

이세민의 외침에 군사들이 일제히 함성을 내질렀다. 그 소리가 벌판을 지나 안시성까지 울렸다. 성첩에서 경계를 하던 안시성 군사들이 칼을 드높이며 소리를 지르는 당나라군들을 보았다. 이제 곧 당나라군들이 토산을 타고 오르며 새까만 개미들처럼 안시성 성벽을 뒤덮을 것 같았다. 안시성 군사들이 겁에 질린 얼굴로 몸을 떨었다.

우대와 인부들은 토굴 안에서 당나라군들의 함성을 들었다. 소리가 들렸다기보다 크게 울렸다. 우대가 문득 동작을 멈추고 미간을 일그러뜨렸다.

"토산이 완성됐나 보군. 서두르세."

인부들을 재촉한 우대는 다시 곡괭이질을 이어갔다. 그때 토굴 안으로 양만춘과 추수지가 들어와 우대를 향해 물었다.

"어떻게 돼 가는가?"

"거의 다 마무리 되고 있습니다."

우대가 대답하자 양만춘이 고개를 끄덕였다. 입구부터 이어진 토굴은 제법 튼튼해 보였다. 벽면에는 나무판자가 덧대어져 흙이 무너지지 않았고, 일정한 거리마다 기둥이 받쳐져 있었다. 양만춘과 추수지가 돌아나가며 무너지는 속도와 거리를 가늠했다. 다른 변수가 없다면 승산이 있을지도 모른다. 양만춘이 눈가에 힘이 들어갔다.

해가 저물고 사방이 어둠에 휩싸였다. 안시성 성벽은 삼엄한 경계가 이루어졌다. 토산이 완성된 이후로 당나라군들이 언제 공격해올지 모르는 일이었다. 토굴 근처에는 횃불이 타올랐고, 불빛에 의지해 인부들의 막바지 작업이 이어졌다.

활보가 활과 화살을 갖추고 성첩에서 대기하는 군사들을 돌아보았다. 근심 가득한 풍과 시선이 마주치자 입을 열었다.

"저걸 정말 무너뜨릴 수 있을까?"

풍은 어둠 속에 서 있는 토산을 바라보았다. 당나라군들의 무덤이 될 것인가, 안시성 군사들의 무덤이 될 것인가. 한 치 앞을 알 수가 없었다. 답답한 마음을 달래며 깊이 숨을 내쉬었다.

"하늘의 뜻에 맡길 수밖에."

풍의 말투는 기도 같았다. 활보는 문득 코끝에 스치는 공기

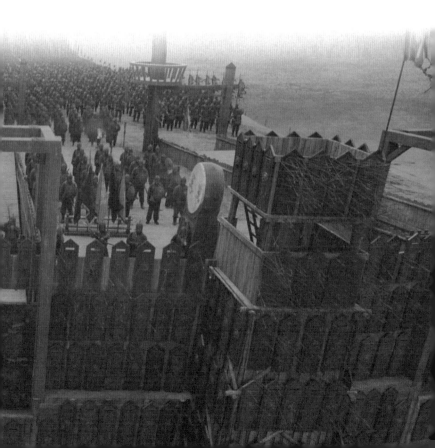

가 무겁게 느껴졌다. 고개를 들어보니 새카만 하늘에 먹구름이 가득했다. 머리 위로 한 두 방울씩 비가 떨어지다가 이내 굵은 빗줄기가 쏟아졌다. 풍과 활보가 얼어붙은 듯이 서서 횃불을 살폈다. 불씨가 사그라들면서 사방이 어둠에 잠겼다.

먼 하늘에서 천둥소리가 울렸다. 토굴 안에서 작업을 하던 우대가 나무판자 사이에 손가락을 집어넣고 흙을 만졌다. 흙에서 차고 축축한 기운이 느껴졌다. 우대는 인부들에게 비가 땅으로 흘러 토굴에 스며들고 있다고 설명했다. 인부들이 삽질을 멈추고 밖으로 나가 물통을 들고 왔다. 안으로 다시 들어올 때에는 벌써 사방에서 물이 들어와 토굴을 채우고 있었다. 우대가 걸음을 옮길 때마다 첨벙거리는 소리가 났다. 당황한 인부들이 물을 퍼내고 군사들이 그것을 받아 내버리기를 반복했다. 그러나 비가 쏟아지는 속도를 따라잡기에는 부족했다.

우대가 황급히 양만춘에게 달려가 상황을 알렸다.

"토산을 무너뜨리기도 전에 토굴에 물이 가득 찼습니다."

숨을 몰아쉬는 우대의 온몸은 비와 땀으로 흠뻑 젖어 있었다. 흙이 엉겨 붙은 우대의 표정이 일그러졌다. 양만춘이 밖으로 나와 하늘을 올려다보았다. 새카만 하늘이 비를 퍼붓고 있었다.

안시성 인근에 쏟아진 장대비는 희비를 엇갈리게 했다. 당나라 진영에는 토산을 완성한 당나라군들이 그동안의 노고를 씻어내고 있었다. 황제의 막사에는 당나라 장수들이 모여 술잔을 기울였다. 막사 안은 전투를 앞두고 들뜬 공기가 흘렀다. 술을 가득 채운 이세민이 불콰한 얼굴로 장수들을 향해 팔을 뻗었다. 장수들이 술잔을 들어올렸다. 그 순간 막사 밖에서 거세지는 빗소리가 들렸다. 잠시 빗소리에 귀를 기울이던 이세민이 입을 열었다.

"하늘이 안시성의 마지막을 슬퍼하는 비인가?"

장수들이 호쾌한 웃음을 터뜨렸다. 술잔을 맞부딪치는 소리가 시원하게 울렸다.

날이 밝자 안시성을 마주보는 성처럼 높이 솟은 토산이 드러났다. 주변에는 당나라 대군이 도열해 있었다. 갑옷에는 부드럽고 강한 빛이 서려있었고, 창끝은 예리한 날이 번뜩였다. 지휘소에 선 이세민이 줄맞춰 늘어놓은 바둑돌 같은 군사들을 향해 외쳤다.

"가교를 내려라!"

토산에 기대어 있던 가교가 안시성을 향해 움직였다. 성벽위에서 태세를 갖추고 있던 안시성 군사들이 눈을 크게 떴다. 가교가 안시성 성벽과 이어지면 길이 열리고 당나라군들이 몰려올 터였다. 성첩에서 군사 하나가 성벽 아래로 내려가 상황을 전했다.

성벽 아래는 분주했다. 밤새 비를 퍼냈지만 토굴에 물이 차올라 있었다. 줄지어 선 군사들이 나무통에 물을 가득 담아 전달했다. 양만춘은 쉴 새 없이 나오는 물통을 초조한 얼굴로 바라보았다.

추수지가 양만춘을 향해 목소리를 높였다.

"성주, 가교가 내려지고 있습니다."

토굴 입구에서 지시를 하던 양만춘이 밖으로 나와 성벽 위를 바라보았다. 해를 등에 진 가교가 긴 그림자를 그리며 안시성 성벽으로 내려오고 있었다. 양만춘이 군사들에게 모두 토굴 밖으로 나오라고 명하고, 횃불을 준비시켰다.

"나무에 불을 질러라."

토굴 입구로 군사 서너 명이 횃불을 들고 들어갔다. 가장 안쪽 자리부터 토굴을 받치고 연결해둔 나무기둥이 보였다. 군사들이 가장 바깥쪽에 횃불을 갖다 대었다. 잠시 기다리며 불이 옮겨 붙기를 기다렸으나 불씨가 금세 사라지면서 희미한 연기를 피웠다. 반복해서 시도해 봐도 마찬가지였다.

토굴에서 군사가 황급히 뛰어나왔다.

"나무가 물을 먹어서 타지 않습니다!"

양만춘과 무관들이 입구로 들어가 상황을 살폈다. 손으로 나무 기둥을 만져보니 축축한 물기가 묻어났다. 입구에서 불을 붙인다고 해도 안쪽 깊숙한 곳까지 불길이 이어지지 못할 것 같았다. 양만춘과 무관들이 다시 밖으로 나와 성벽 위를 올려다보았다. 가교는 이제 안시성과 거의 맞닿아 있었다.

풍이 절망적인 얼굴로 물었다.

"이제 어쩌죠?"

"이렇게 끝나는 거야?"

활보가 입술을 질끈 깨물었다.

그때였다. 상황을 지켜보던 우대가 토굴에서 함께 작업한 인부들과 모여 수군거렸다. 이야기를 나누는 시간을 길지 않았다. 우대가 도끼를 손에 쥐고 앞으로 나왔다.

"모두 물러서십시오."

우대가 양만춘과 무관들을 향해 말했다.

"뭘 하려는 건가?"

"우리가 도끼로 기둥을 찍어내겠습니다."

"그러면 너희는 나올 수 없다."

양만춘이 우대를 향해 말했다.

"어차피 토산을 무너뜨리지 못하면 결국 다 죽는 거 아닙니까? 우리가 판 굴이니 우리가 마무리를 하겠습니다."

우대가 목소리를 높였다. 그러자 활보가 끼어들었다.

"물러서시오. 차라리 우리가 하겠소!"

"당신들은 당나라 군사와 싸워야 하잖소. 이건 우리의 일이
오."

우대가 주장을 굽히지 않았다. 우대와 함께 선 인부들이 고
개를 끄덕이며 결연한 눈빛을 보였다.

우대가 토굴로 들어가려던 찰나였다. 토굴 주변을 지나던
노파가 비실비실 웃음을 흘리며 우대 곁으로 다가왔다. 우대
가 놀라 노파의 손을 잡으며 말했다.

"어머니! 어머니가 왜 여기 계세요."

노파는 대답은 하지 않은 채 미소만 지었다. 우대의 눈가에
눈물이 차올랐다.

"어머니 밥 꼭꼭 씹어 드세요. 절대 혼자서 또 수레를 끌고
성 밖으로 나가면 안 됩니다. 아셨죠?"

우대가 어머니에게 얼굴을 부비며 애절한 목소리로 말했다.
노파의 따뜻한 온기가 우대의 손과 얼굴에 전해졌다. 우대가
힘겹게 손을 놓고, 양만춘에게 고개를 숙였다.

"성주, 제 어머니를 부탁합니다. 그리고 부디…… 안시성을
지켜주십시오."

우대가 목이 메여 말했다. 양만춘은 안타까운 얼굴로 입안

에 맴도는 말을 애써 삼키며 말끝을 흐렸다.

"우대······."

우대는 손등으로 눈물을 훔치고 깊이 허리를 숙였다. 그리고 토굴 안으로 걸어갔다. 양만춘은 얼어붙은 듯이 서서 우대와 인부들의 뒷모습이 토굴 안으로 완전히 사라질 때까지 바라보았다.

우대는 토굴의 안쪽으로 걸음을 옮겼다. 시간을 맞추지 않으면 모든 것이 헛된 일이 될 터였다. 막다른 벽과 마주한 우대가 도끼로 기둥을 내려찍었다. 각자 자리를 잡은 인부들이 받쳐 놓은 기둥을 다시 무너뜨리기 위해 도끼를 들었다.

우대가 기둥을 부수며 말했다.

"앞에서부터 쳐나가야 성 쪽으로 무너진다."

인부들이 앞쪽의 기둥부터 힘을 모았다. 도끼질을 하자 우지끈 기둥이 부러졌고, 토굴이 울리며 기둥에 의지해 있던 흙이 떨어져 내렸다. 우대와 인부들이 자리를 옮기며 계속해서 기둥을 부러뜨렸다. 토굴 안은 도끼가 나무를 찍어내는 소리와 거친 숨소리로 가득했다.

성벽 위에는 가교가 연결되고 있었다. 추수지가 성첩에서 가교의 위치를 확인하고 양만춘에게 말했다.

"시간이 없습니다. 가교가 곧 이어집니다."

양만춘이 대답 대신 토굴을 응시했다. 토굴 안에서는 아무런 소리가 들리지 않았다. 이대로 가만히 토굴이 무너지기만 기다릴 수는 없다. 양만춘이 성벽 위로 오르며 목소리를 높였다.

"군사들을 배치하라!"

지시가 내려지자 안시성 군사들이 일사분란하게 움직였다. 진열을 갖추고 무기를 잡고, 성벽 위에서 다가오는 가교를 노려보았다.

우대와 인부들은 도끼질에 박차를 가했다. 앞부분의 기둥을 완전히 쳐냈을 때 나무판자가 흙의 무게를 이기지 못하고 무너져 내렸다. 천장에서 흙이 쏟아지자 우대가 잠시 도끼질을 멈추고 안쪽을 응시했다. 토굴이 연쇄적으로 붕괴되기에는 충분하지 않은 상태였다. 우대가 나무를 내리치는 속도를 높이며 인부들에게 말했다.

"서둘러. 더 부러뜨려야 돼."

인부들이 온힘을 다해 기둥을 부수었다. 토굴 중반을 넘어 앞쪽으로 나아갈 때였다. 안에서 천둥이 치는 소리처럼 굉음이 울리며 흙이 와르르 쏟아지기 시작했다. 우대가 안쪽을 바라보니 새카만 입을 벌린 어둠이 흙먼지를 일으키며 달려들고 있었다. 무너지기 시작한 토굴이 도미노처럼 이어진 기둥을 집어삼켰다. 손에 힘이 풀린 우대가 인부들을 향해 희미한 미소를 보였다.

"수고들 했네."

인부들은 시선을 마주했다. 홀가분한 표정으로 서로를 바라보던 찰나 우대와 인부들의 머리 위로 흙더미가 덮쳤다. 우대와 인부들이 순식간에 어둠속으로 잠겨 들었다.

당나라군들은 성벽에 내린 가교를 건너기 시작했다. 성첩에서 방어를 하는 안시성 군사들을 향해 창을 세우고 달려들었다. 가교를 넘어오는 당나라군을 찌르려는 찰나 토산 아래에서 진동이 울렸다. 가교 위의 당나라군이 중심을 잃고 휘청거렸다. 순간적으로 무릎을 낮추고 가교를 붙잡았지만 토산은 지진이 일어난 것처럼 더 크게 흔들렸다. 땅이 깨어진 것처럼 굉음이 울리며 땅속으로 흙이 빨려 들어갔다. 가교를 건너기 위해 토산을 오르던 당나라군들이 땅 아래로 사라지는 흙더미에 휘말려 비명을 질렀다. 토산 주위에 대기하던 당나라군들이 기겁하며 뒷걸음질을 쳤다. 토산이 무너지면서 가교가 비틀렸고 그 위를 지나던 당나라군이 바닥으로 추락했다. 무너진 땅 밑으로 토산의 흙이 빠져나가면서 뿌연 먼지가 일었다. 멀리서 보면 마치 땅이 입을 크게 벌리고 토산을 집어삼키는 것 같았다.

지휘소에서 이세민이 벌떡 일어나 소리쳤다.

"저, 저게 어떻게 된 일이냐?"

당나라 장수들은 입을 벌리고 토산이 무너지는 광경을 지켜보았다. 갑자기 토산이 무너지는 이유를 아무도 알지 못했다. 시야를 가리는 흙먼지가 바람에 쓸려가자 다시 토산의 모습이 선명하게 드러났다. 우뚝 솟아있던 토산은 안시성 성벽에 기대어 무너져 있었다.

성첩에서 기회를 노리던 양만춘이 안시성 군사들을 향해 외쳤다.

"지금이다! 토산을 점령하라!"

안시성 군사들이 성벽을 넘어 토산으로 달려 나갔다. 중심을 잃고 뒤엉킨 당나라군들을 칼로 베어내며 토산에서 밀어

냈다. 성첩에서 궁수들이 사정거리 안으로 들어온 당나라군들을 향해 화살을 퍼부었다. 비명을 지르며 토산에서 당나라군들이 굴러 떨어졌다. 안시성 군사들이 창으로 토산에 남아 있는 당나라군들의 급소를 찔렀다.

성벽 아래서 차례를 기다리던 성민들이 나무를 들고 토산으로 뛰어들었다. 안시성 군사들이 차지한 토산 둘레에 기둥을 박아 세우고 끈으로 연결하여 목책을 만들었다. 성벽에 기대어 무너진 토산은 순식간에 안시성 군사들이 포진해 있었다. 당나라 진영에서 보면 안시성 성벽을 토산까지 확장한 모양새였다.

당나라 장수 방연이 흙빛이 된 얼굴로 황제에게 말했다.

"토, 토산을 빼앗겼습니다."

순식간에 토산을 빼앗긴 이세민이 주먹을 움켜쥐었다. 토산 위에는 당나라군들이 아니라 양만춘과 안시성 군사들이 목책을 두르고 서 있었다. 분노가 치민 이세민의 관자놀이에 굵은 핏대가 섰다. 토산을 맡아 지휘하던 당나라 장수 부복애가 지휘소로 뛰어와 무릎을 꿇었다.

"토산이……."

"부복애."

이세민이 부복애 앞에 다가섰다.

"예…… 폐하."

"토산이 무너질 동안 너는 무얼 하고 있었느냐."

차가운 목소리로 이세민이 다그쳤다. 당황한 부복애가 대답을 하지 못하고, 이마가 땅에 부딪치도록 머리를 숙였다. 그 순간 이세민의 칼이 부복애의 목을 깊게 베고 지나갔다. 부복애가 피를 토하며 앞으로 넘어졌다. 이세민은 주검이 된 부복애를 지나쳐 앞으로 걸어갔다. 토산을 장악한 안시성 군사들이 깃발을 세우고 있었다.

이세민이 창백한 얼굴로 허공을 향해 소리쳤다.

"두 달간 쌓은 토산이 허사가 되었다. 허사가 되었어. 하늘이 나를 벌주시는 것인가?"

침통한 분위기가 당나라 장수들을 짓눌렀다.

"폐하, 이제 군사를 돌리는 게 좋을 듯싶습니다. 고구려에 온 지 벌써 석 달이 지났습니다. 만약 평양성에서 지원군이라도 오는 날이면 철수조차 마음대로 하지 못하게 될 것입니다."

방연이 조심스럽게 나서며 말했다.

"지원군은 오지 않는다. 올 것이라면 벌써 왔을 것이다."

이세민이 단호한 어조로 말했다. 연개소문이 안시성을 구하고자 했다면 토산을 만드는 동안 지원군을 보냈을 것이다. 무엇보다 주필산 벌판에서 안시성 군사를 보지 못했고, 안시성에서 연개소문의 군대를 보지 못했다.

"나는 그동안 중원을 통일하고 사해를 발아래 놓아 평정했다. 하지만 이놈들만은 끈질기게 무릎을 꿇지 않는구나. 결코 이대로 돌아갈 수 없다. 고구려를 얻을 수 없더라도 양만춘 저놈의 목만은 반드시 가지고 돌아가겠다."

이세민이 장수들을 돌아보며 말을 이었다.

"폐하……."

걱정스러운 얼굴로 방연이 말끝을 흐렸다. 그러나 이세민의 의지는 확고했다. 지원군이 오지 않는다면 대군을 움직여 토산을 다시 점령하면 될 일이다. 이세민이 눈을 번뜩이며 군사들을 향해 외쳤다.

"토산을 다시 빼앗아라. 토산을 빼앗을 때까지 결코 공격을 멈추지 않을 것이다. 낮이고 밤이고, 토산을 빼앗을 때까지 공격하라. 단 한 명의 군사가 남을 때까지 총공격하라!"

양만춘은 토산 위에 섰다. 우대와 함께 토굴로 들어간 안시성 인부들이 만들어낸 유일한 기회였다. 흙을 딛고 선 두 다리가 무겁게 느껴졌다. 물러나지 않은 당나라군들이 벌판에 가득하였고, 사정거리 밖에서는 당나라군들이 활을 조준하고 있었다. 양만춘은 크게 숨을 들이키며 생각했다. 토산을 차지하였으나 전투는 아직 끝나지 않았다. 화살이 끝나는 순간 승패는 결정될 것이다. 양만춘은 한가득 쌓여있는 화살 더미를 확인하고, 자신을 둘러싼 무관들과 시선을 마주했다.

"이제 정말 마지막 순간이다. 여기를 지켜낼 수 있느냐에 따라 안시성의 운명이 결정된다. 우린 어떻게든 여기를 지켜내야 한다. 안시성을 지키기 위해 끝까지 싸워야 한다."

무관들이 비장한 얼굴로 고개를 끄덕였다. 양만춘이 먼저 나서서 화살을 한 움큼 집어 들고 화살통에 채워 넣었다. 뒤

를 이어 무관들과 군사들도 화살을 채웠다.

안시성 벌판에 일제히 나팔 소리가 울렸다. 긴 울림이 허공을 뒤흔들고 이어서 북소리가 땅을 울렸다. 당나라 대군이 안시성을 향해 창을 들었다. 지휘소에서 나온 이세민이 말에 올라타 토산을 향해 팔을 뻗었다. 당나라 대군이 일제히 함성을 내지르며 안시성으로 달려들었고, 그 모습은 마치 푸른 벌판에 일어나는 거대한 파도 같았다. 토산에서 안시성 군사들이 개미떼처럼 몰려드는 적들을 향해 화살을 날렸다. 화살에 맞은 당나라군이 쓰러지면 다음 화살을 먹이기도 전에 또 다른 당나라군이 밀고 들어왔다. 성민들은 빠르게 줄어드는 화살을 채우고, 나무를 덧대어 목책을 보강했다. 토산을 오르다가 칼에 맞은 당나라군이 굴러 떨어지면 그 시신을 밟고 다시 당나라군이 올라왔다. 토산 주위로 당나라군의 주검들이 쌓여 무덤을 이룰 기세였다. 목책 사이로 날아든 화살을 맞고 쓰러진 안시성 군사들은 성첩 뒤로 옮겨졌다. 빈자리가 생기면 다른 안시성 군사가 배치되어 화살을 쏘았다.

마로는 성벽에서 토산으로 화살을 옮겼다. 마로가 움직이는 방향에서 올라오던 당나라 군사가 화살통을 들고 있는 마로를 향해 화살을 날렸다. 날아온 화살이 가슴에 박힌 마로가 그 자리에 주저앉았다. 마로의 시선은 검은 그림자처럼 안시성 벌판을 뒤덮은 당나라군들과 비어가는 화살통 사이를 오갔다. 가슴에서 피가 흘러내고 숨이 쉬어지지 않았다. 마로는 땅에 다리를 밀며 화살통을 끌고 토산으로 나아갔다. 뒤에서 마로를 발견한 안시성 군사가 화살통을 다른 성민에게 건네고 마로를 성첩으로 옮겼다. 성벽 위에서 성민들과 함께 날아든 화살을 주위 모으고 있던 다우가 부상당한 마로를 발견했다. 온몸에 힘이 빠진 마로가 기침을 하며 피를 토했다.

다우가 형을 부르며 뛰어왔다.

"형!"

마로는 다우를 보고 희미한 미소를 지었다.

"형, 저, 정신 차려……. 형……."

다우가 마로의 상처를 보고 혼란스러운 목소리로 말했다.

"다우야…… 미안해……. 널 놔두고 가면 안 되는데."

"형, 죽으면 안 돼. 형!"

"부탁한다……. 내 대신 화살을……."

마로는 말을 끝마치지 못하고 숨을 거두었다. 형을 품에 안은 다우의 두 손이 피로 물들었다. 다우의 눈에 눈물이 터지고 숨이 가빠졌다. 혼란스러운 얼굴로 주위를 둘러보자 빗발치는 화살 사이로 화살통을 채우는 성민들이 보였다. 토산에는 화살이 빠르게 비어가고 있었고, 당나라군들은 토산과 성벽 언저리에 붙어 끈질기게 기어올랐다. 성벽 아래에는 적들의 주검이 쌓여갔다. 눈을 크게 뜨고 보아도 죽은 사람과 산 사람을 구분하기가 어려웠다. 다우가 거친 숨을 몰아쉬며 눈을 질끈 감았다. 미친 듯이 뛰는 심장 소리가 귓가에 생생했다.

"화살을 가지고 와라! 화살!"

다우의 귀에 다급한 외침이 날아들었다. 문득 형이 했던 말이 머릿속을 스쳤다.

'정말로 죽은 사람들도 많아.'

다우가 마로의 얼굴을 바라보며 생각했다. 전투가 벌어지는 동안 많은 사람들이 죽는다. 그러나 전투에 패배한다면 모두가 죽을 것이다. 눈을 감은 마로의 얼굴에는 아무런 고통도 남아 있지 않았다. 다우는 손등으로 눈물을 훔치고, 이를 악물었다. 그리고 마로의 주검을 한쪽으로 옮겨두고, 바닥에 나뒹구는 화살통을 집어 들었다. 자리에서 일어선 다우가 성벽 위를 달리기 시작했다.

토산 주위는 아비규환이었다. 군사들의 수로 본다면 토산을 덮쳐오는 파도 앞에서 안시성 군사들이 우산을 펼치고 있는 모양새였다. 양만춘은 쉴 새 없이 화살을 날렸다. 손이 뜨겁게 달아오르고 활시위가 물린 손가락에 피가 흘렀다. 토산 아래로 당나라군들의 시체가 쌓여갔지만 달려오는 적들의 수가 줄지 않았다.

추수지가 양만춘을 향해 걱정스러운 얼굴로 말했다.

"교대 하십시오. 이대로 가다간 쓰러지십니다."

"나는 괜찮다."

양만춘은 까마득한 적들을 향해 화살을 쏘고 칼을 휘둘렀다. 뒤에서 백하의 부대원들이 가교를 뛰어 올라와 토산에 합류했다.

"저희도 같이 싸우겠습니다! 백하 아가씨를 위해서요."

백하의 부대원들이 쇠뇌를 들고 자세를 잡았다. 당나라군이 밀려 올라오는 곳을 향해 쇠뇌를 당겼다. 쇠뇌가 발사될 때마다 당나라군의 얼굴과 가슴에 깊숙이 화살이 박혔다.

이세민은 대군을 밀어붙여도 토산을 빼앗기지 않는 안시성 군사들을 보면서 약이 바짝 올랐다. 토산을 향해 부하들을 몰아치며 악을 썼다.

"가라! 가! 토산을 빼앗아라!"

당나라군들은 안시성을 넘기 위해 동료들의 주검을 밟고 앞으로 나아갔다. 빼앗으려는 당나라군들과 빼앗기지 않으려는 안시성 군사들의 치열한 접전이 이어졌다. 전투는 사흘 동안 계속 되었다.

성벽에 오르는 자는 모두 베어 버리겠다

15. 화살을
날려 주소서

안시성은 하루가 다르게 소진되었다. 연개소문의 지원군은 오지 않았고, 당나라군의 자원은 여유로웠다. 양만춘은 깨달았다. 이세민의 전략은 평양성으로 갈 힘을 빼서라도 기어코 안시성을 짓밟고 가는 것이었다. 안시성의 시간이 다 되어 가고 있었다.

다우는 성벽에서 내려와 화살이 담긴 수레를 찾았다. 그러나 이곳저곳을 둘러보아도 화살은 보이지 않았고, 빈 수레만 나뒹굴고 있었다.

"화살! 화살 더 없어요?"

다우가 화살을 나르는 사내를 향해 다급하게 외쳤다.

"아까 토산으로 올라간 것이 마지막이다."

사내가 절망스러운 얼굴로 말했다. 당황한 다우가 다시 성벽 위로 올라갔다. 다우는 쓰러진 동료들의 몸에 박힌 화살을 빼내었다. 뼈와 살에 박힌 화살을 잡아당길 때마다 막혀있던 피가 튀었다. 아무리 화살을 모아도 화살을 쏘아대는 속도에 비하면 턱없이 부족했다. 다우가 시신들에서 모은 화살을 한 움큼 쥐고 토산으로 넘어갔다. 선두에서 화살을 쏘는 양만춘의 화살도 바닥을 드러내고 있었다.

"성주, 화살이 모두 떨어졌어요. 어떡해요."

다우가 울상이 된 얼굴로 양만춘에게 말했다.

"넌 네 일을 했다. 그만 내려가라."

"성주……."

다우가 울음을 터뜨렸다. 화살을 쏘는 수가 줄어들자 당나라군들이 토산을 기어오르며 세를 넓히기 시작했다. 이세민의 호위부대가 선두로 나와 양만춘 앞으로 달려들었다. 안시성 무관들이 양만춘을 방어하며 호위부대와 맞서 싸웠다. 추수지가 창을 휘둘러 서너 명의 당나라군을 쓸어내면, 풍이 칼로 목을 베었다. 양만춘은 좁혀오는 적들에게 밀려 화살을 버리고 칼을 들었다. 양만춘을 향해 뛰어드는 적의 어깨를 활보가 도끼로 찍어내면, 양만춘이 칼을 찔러 넣었다. 무장들이 양만춘 주위로 반원을 그린 것처럼 대열을 갖추고 방어했다. 양만춘은 그 사이로 날아드는 칼을 쳐내며 토산에서 물러서지 않았다. 허공에 칼이 부딪치고 피가 튀었다. 창을 날리고 도끼를 휘두르며 팽팽한 접전이 이어졌다.

그때 주위를 경계하던 추수지가 양만춘을 향해 소리쳤다.

"성주!"

추수지가 발견한 것은 토산 뒤쪽에서 뛰어올라 양만춘을 향해 창을 날리는 설인귀였다. 양만춘이 몸을 돌려 방어 자세를 취했으나 간발의 차이로 늦은 동작이었다. 추수지가 양만춘 앞으로 자신의 몸을 내밀었다. 설인귀의 날카로운 창이 추수지의 심장을 꿰뚫었다.

"이제야 네 놈의 목을 베겠구나!"

흰 옷을 입은 설인귀가 추수지의 몸에서 창을 빼내어 양만춘에게 달려들었다. 쓰러지는 추수지를 보고 놀란 양만춘이 가까스로 칼을 들어 막았다. 설인귀의 창과 양만춘의 칼날이 충돌하며 쇳소리가 울렸다. 창을 받아냈다가 칼을 휘둘러 밀어내고, 다시 창이 들어오면 쳐내기를 반복했다. 그러나 쓰러진 추수지를 보고 충격을 받은 양만춘은 움직임이 흔들렸고, 설인귀는 빈틈을 놓치지 않았다. 설인귀의 창이 양만춘의 어깨를 파고들었다. 양만춘의 어깨뼈가 깨어지며 숨이 막혔다. 양만춘이 칼을 들어 설인귀의 목을 향해 휘둘렀으나 설인귀가 칼을 쳐냈다. 칼날이 힘에 밀려났고, 손에 힘이 빠진 양만춘이 칼을 놓쳤다. 설인귀가 눈을 번뜩이며 양만춘의 목을 목표로 창을 찔러 넣었다. 재빠르게 몸을 뒤로 물린 양만춘이 다른 손으로 창을 잡아 비틀었고, 창의 나무자루가 부러지며 반토막이 났다. 양만춘이 이를 악물고 설인귀를 노려보았다. 어깨에서 피가 흘러내리며 갑옷을 흥건하게 적셨다. 손에 쥔 반토막의 창을 들어 날카로운 날을 세웠다. 마주 보던 설인귀가 달려드는 순간 필사적으로 창끝을 휘둘렀다. 설인귀와 양만춘이 서로를 베어냈다고 생각하던 찰나 설인귀가 눈을 크게 뜨며 숨을 들이마셨다. 설인귀의 눈에 붉은 피가 차올랐고, 목에서 피가 흘러내렸다. 양만춘의 일격에 당한 설인귀가 다리를 베어낸 나무처럼 그 자리에 쓰러졌다.

"추수지!"

양만춘이 피가 흐르는 창을 내던지고 추수지에게 달려갔다.

"성주……."

바닥에 누워 의식을 잃어가던 추수지가 힘겹게 대답했다. 그 모습을 본 활보가 뛰어와 추수지를 불렀다.

"추부장!"

활보의 목소리에 울음이 섞였다. 추수지가 기침을 하며 피를 토해냈다. 핏발이 선 눈가가 고통스럽게 일그러졌다. 마지막을 예감한 추수지가 온힘을 다해 양만춘을 붙들고 소리쳤다.

"성주, 절대 지지 마세요!"

울컥 피를 토해내며 말을 마친 추수지는 이내 손을 떨어뜨리고 온몸에 힘이 풀어졌다. 양만춘은 마음속 깊은 곳에서 뜨거운 것이 치미는 것을 느꼈다. 추수지의 옷깃을 손에 움켜쥐고 괴로운 신음을 흘렸다. 화가 난 활보가 소리를 지르며 사방으로 도끼를 휘둘렀고, 풍도 잔인하게 칼을 휘둘렀다. 안시성 무장들의 칼끝에서 당나라군의 팔다리가 잘려나갔다.

양만춘은 다시 칼을 집어 들었다. 당나라군의 갑옷이 보이는 대로 목을 쳐냈다. 양만춘의 갑옷 위로 끊임없이 피가 흘렀다. 화살이 떨어지고 안시성 군사들이 수세에 몰리자 성민들도 망치를 들고 성벽에 올랐다. 성벽을 넘어오는 당나라군을 망치로 쳐서 성벽 밖으로 내던졌다. 양만춘이 성곽을 둘러보며 남아있는 안시성 군사들을 확인했다. 성 밖에서 몰려오는 당나라군들은 끝이 없는데 안시성 성벽 위의 군사들은 이제 마지막 방어선과 다름없었다.

양만춘은 간절한 심정으로 당나라 진영을 살폈다. 당나라

군들 가운데에서 말을 타고 군사들을 지휘하는 장수가 눈에
들어왔다. 햇빛이 반사되어 환하게 빛나는 갑옷을 입은 장수
는 바로 이세민이었다. 당나라 황제의 황금갑옷은 물결에 비
쳐 반짝거리는 빛처럼 아름다웠다. 그러나 양만춘의 눈에는
선명하게 빛나는 표적으로 보였다. 순간 양만춘은 시미의 말
을 떠올렸다. 고개를 돌려보니 태양이 하늘 높이 떠 있었고,
아직 토산을 빼앗지 못한 당나라군들이 토산 아래로 떨어져
내리고 있었다. 시미의 예언은 맞았으나 토산을 점령한 것은
당나라군들이 아니라 안시성 군사들이었다.

"시미. 두려움에 눈이 흐렸구나."

양만춘이 탄식하는 목소리로 중얼거렸다.

양만춘은 활과 화살을 찾아 주위를 살폈다. 그러나 부러진
화살들만 가득하였고 시신들에 꽂힌 화살도 모두 거둬들인
후였다. 눈에 보이는 활도 시위가 끊어졌거나 대가 망가져 있
었다. 문득 양만춘의 눈에 남은 화살을 찾기 위해 성첩을 오
르는 다우가 보였다.

"다우야! 신당에서 가서 신궁을 가지고 와라."

양만춘이 다우를 향해 소리쳤다. 명을 들은 다우가 성벽 아
래로 뛰어 내려가 신당으로 향했다.

토산을 차지하려는 이세민은 고지를 눈앞에 두고 열을 올

렸다.

"뭘 하는 게냐! 올라가라. 올라가! 멈추지 마라!"

이세민이 부하들을 몰아붙이며 고함을 쳤다. 당나라군들은 기세를 몰아 토산을 올랐다. 목책이 뚫린 틈으로 당나라군들이 빠르게 파고들었다. 백하의 부대원들이 앞을 막아섰지만 수세에 몰리면서 점점 뒤로 밀려났다. 부대원들이 칼을 맞고 쓰러졌고, 마지막까지 남은 달래는 끝까지 당나라군과 맞서 싸웠다. 토산과 성벽이 맞닿은 곳까지 밀려난 달래가 당나라군의 공격에 주저앉으면서도 팔을 들어 칼을 막았다. 그러자 당나라 군사가 머리 위로 칼을 들어 수직으로 달래의 어깨에 꽂았다. 칼이 지나가면서 달래의 팔이 잘렸다. 바닥에 나뒹구는 팔을 보며 달래는 극심한 고통에 휩싸였다. 남은 팔로 땅을 짚고 일어나 몸을 세우려하였으나 연이어 칼이 날아들었다. 배에 칼이 관통한 달래가 허리를 숙이며 쓰러졌다. 눈을 감지 못하고 숨을 거둔 달래의 눈동자가 빛을 잃었다. 양만춘이 뒤늦게 달래를 발견하고 절망적인 표정을 지었다.

성곽에서 소벌도리가 달려와 말했다.

"이제 끝났습니다. 철수해야 합니다."

양만춘이 토산 전체를 훑어보았다. 안시성 군사 하나에 서너 명의 당나라군이 둘러싸고 공격하고 있었다. 이대로 가다가는 안시성 군사들만 잃고 토산에서 밀려날 태세였다. 어렵게 차지한 토산을 다시 빼앗기는 건가. 그때였다. 다우가 거친 숨을 몰아쉬며 신궁을 내밀었다.

"신궁을 가져왔습니다."

양만춘이 신궁을 받아들자 다우가 그 자리에 털썩 주저앉았다. 다우의 얼굴은 흙먼지와 땀으로 뒤엉켜 있었다. 양만춘이 손에 쥔 신궁을 응시하다가 단호한 얼굴로 몸을 돌렸다. 당 황제 이세민을 향하는 방향이었다.

토산에서 함께 싸우던 소벌도리가 걱정스러운 얼굴로 양만춘에게 조언했다.

"성주, 이 활은 아무나 할 수가 없습니다. 주몽신 말고는 휜 사람이 없다지 않습니까?"

양만춘이 조심스럽게 신궁을 잡았다. 오랜 세월을 지나온 힘이 느껴졌다. 숨을 깊이 들이마신 양만춘이 신경을 집중했다.

"신께서…… 당겨주실 겁니다."

활시위에 손가락을 건 양만춘이 팔을 머리 뒤로 당겼다. 팔의 모양은 마치 또 다른 활처럼 벌어졌다. 양만춘의 팔에 핏대가 오르고 근육이 떨렸다. 그러나 활시위가 팽팽하게 고집을 세우며 직선을 유지했다.

"고구려의 모든 신이시여, 도우소서. 이 전쟁을 끝내게 하소서. 도우신다면……."

양만춘이 간절한 목소리로 중얼거리며 손아귀에 힘을 조였다. 활시위가 움직이며 곡선을 만드는 찰나 상처 입은 어깨에서 피가 터지며 갑옷 위로 흘러내렸다. 양만춘이 눈가를 찡그리며 숨을 참았다. 활시위는 벌어지지 않고 그대로 멈춘 상태였다.

소벌도리가 다급하게 소리쳤다.

"멈추십시오! 상처가 터졌습니다. 이러다가 힘줄이 끊어집니다!"

양만춘은 토산 아래를 응시했다. 당나라군들을 몰아치는 당나라 황제 이세민이 눈앞에 있었다. 사정거리 안에 이세민이 있다. 이세민을 죽이면 이 전쟁을 끝낼 수 있다. 양만춘은 자신이 쥔 화살이 안시성의 운명을 가르게 될 것임을 알았다. 양만춘은 다시 한 번 팔을 뒤로 잡아당겼다. 풀잎처럼 떨리던 활시위가 휘어지면서 둥글게 벌어졌다. 양만춘의 시선은 황금빛으로 번쩍거리는 갑옷을 향했다.

'화살을 날려 주소서…….'

양만춘은 간절한 기도를 보내듯이 손가락을 풀었다. 활시위를 놓는 순간 양만춘의 팔은 불이 붙은 것처럼 열이 오르며 힘줄이 끊어졌다. 신궁의 활시위를 떠난 화살이 포물선을 그리며 날아올랐다. 태양을 찌를 듯이 솟아오른 화살이 빠른 속도로 이세민을 향해 떨어졌다. 바람을 가르는 소리가 허공을 울리며 이세민을 덮쳤다. 말을 타고 지휘를 하던 이세민이 이상한 기척을 느끼고 돌아보던 그때 까마귀 한 마리가 눈앞으로 달려드는 환상이 보였다. 눈가에 힘을 주고 까마귀가 아닌 화살임을 알아보는 찰나 날카로운 화살촉이 이세민의 눈을 꿰뚫었다. 순간 눈알을 파고드는 고통에 몸을 비틀며 비명을 질렀고, 중심을 잃은 이세민이 말에서 떨어져 바닥에 나뒹굴었다. 말이 놀라 거칠게 울부짖으며 앞발을 들었다. 몸부림을 치는 이세민의 주위로 흙먼지가 자욱하게 일어났다. 얼굴은 피로 물들었고 이세민의 시야는 어둠속으로 잠겨들었다. 이세민의 왼쪽 눈에 기다란 화살이 박힌 것을 본 당나라 장수들이 다급하게 뛰어왔다. 이세민이 울부짖으며 제 손으로 화살을 뽑아내자 화살촉이 박힌 눈알도 함께 뽑혀 나왔다. 황제의 부상을 본 당나라군들이 혼란 속에 빠지며 대열이 흐트러졌다.

갑자기 당나라 군사 하나가 달려오며 다급하게 외쳤다.

"고구려군이 쳐들어온다!"

이세민이 피가 흘러내리는 얼굴을 들어 흐릿한 시야로 정면을 보았다. 멀리서 안개가 몰려오고 있었다. 한쪽 눈으로 초점을 맞추고 자세히 들여다보니 그것은 자욱한 흙먼지를 일으키며 안시성 벌판을 뒤덮는 붉은 그림자였다. 거리가 가까워지면서 고구려 장수들의 붉은 찰갑이 드러났다. 말이 땅을 박차고 달릴 때마다 찰갑이 부딪치며 허공을 울렸고, 말을 타는 군사들의 움직임은 땅을 거대한 북처럼 두들겼다. 이세민은 온몸에 전해져오는 진동에 몸을 떨었다. 선두에서 개마무사를 이끌고 공격해오는 사람은 바로 대막리지 연개소문이었다.

"한 놈도 빠짐없이 처단하라!"

연개소문이 무장들을 지휘했다. 개마무사들이 칼을 빼들고 대열을 움직여 당나라군들을 압박했다. 창을 전방으로 들고 당나라군들을 베어내는 모습이 맹렬했다. 뒤이어 태학 학도들이 칼을 휘두르며 달려왔다. 혼란에 빠진 당나라군들이 등을 보이는 순간 쉴 새 없이 칼과 창이 날아들었다. 이세민은 처참한 심정으로 밀려오는 고구려군들을 바라보았다. 피로 물든 눈에 붉은 세상이 보였고 깊은 두려움이 일었다.

안시성 군사들은 당나라군들이 흩어지자 이상한 낌새를 느꼈다. 고개를 들어 벌판을 바라보니 연개소문과 함께 지원군이 달려오고 있었다. 선두에는 펄럭이는 고구려 깃발과 함께 개마무사 대군이 보였다. 사물이 연개소문에게 요청하여 지원군을 이끌고 왔다는 사실을 깨달은 안시성 군사들이 함성을 내질렀다.

"지원군……, 지원군이 왔다!"

성민들은 눈을 비비며 붉은 철갑의 무사들을 확인했다. 고구려군들이 안시성 벌판을 뒤흔들며 당나라군들을 몰아내고 있었다. 지원군이 나타나자 당황한 당나라군들이 겁에 질려 대열을 이탈했다. 연개소문의 군대가 엄청난 기세로 전세를 역전시키기 시작했다.

소별도리가 감격에 겨운 목소리로 양만춘에게 말했다.

"사물입니다……. 사물이 지원군을 데리고 왔습니다."

토산 위에 선 양만춘이 지원군을 바라보았다. 사물이 태학 학도들을 이끌고 적을 무찌르며 안시성으로 돌아오고 있었다. 연개소문과 함께 온 개마무사들은 그동안 당한 패배를 설욕하듯이 잔인하게 적을 베어나갔다. 당나라 진영을 휩쓰는 고구려군들은 마치 고기를 건져 올리는 그물 같았다. 지나가는 자리에 살아남은 당나라군이 보이지 않았다.

지휘소로 몸을 피한 이세민은 안시성 벌판을 쳐다보았다. 눈앞에 보였던 승리의 깃발이 안시성을 향해 기울어졌고, 당나라군들이 쫓겨나며 사지로 내몰리고 있었다. 무너진 토산을 볼 때마다 비참한 심정이 온몸을 파고들었다. 토산 위에는 양만춘이 지원군을 바라보며 안시성 군사들을 정비하고 있었다.

토산은 안시성 군사들로 가득했고, 안시성 성벽은 위용을 자
랑하며 굳건하게 서 있었다.

"공격을 멈춰라."

이세민이 절망스러운 얼굴로 방연에게 명했다.

"폐하……."

"내가…… 졌다."

방연이 손을 들어 신호를 보냈다. 나팔 소리가 길게 이어지
며 퇴각을 알렸다. 토산을 오르던 당나라군들이 고개를 들어
진영을 돌아보았다. 벌판을 메우던 당나라군들이 일사분란하
게 움직이며 되돌아가기 시작했다.

"퇴각하라! 퇴각하라!"

당나라 장수들의 소리를 내지르며 군사들을 이끌었다. 고구
려군들의 칼날을 피해 목숨을 구제하려는 당나라군들의 발걸
음이 바빴다. 무기를 내던지고 안시성 벌판을 벗어나기 위해
필사적으로 달렸다.

"당군이 물러간다!"

안시성 군사들이 목소리를 높여 외쳤다. 성벽 아래에서 전
투를 돕던 성민들이 손에 쥔 무기를 내려놓고 펄쩍펄쩍 뛰었
다. 안시성 안에 기쁨에 겨운 함성이 울려 퍼졌다. 양만춘이
안시성을 뒤흔드는 환호성을 들으며 의지대로 움직이지 않는

어깨를 감싸 쥐었다. 수척한 얼굴에 미소가 번졌다.

연개소문은 지원군을 이끌고 안시성 앞까지 진격하였다. 토산 앞에 선 연개소문이 고개를 들어 양만춘을 쏘아보았다. 연개소문을 따르는 부장이 다가와 나지막이 말했다.

"합하, 지금이야말로 양만춘을 제거할 수 있는 좋은 기회이옵니다."

연개소문은 굳게 입을 다물고 생각을 짚었다. 잠시 침묵하던 연개소문이 말을 몰아 토산 위로 올랐다. 그리고 부서진 목책을 넘어 양만춘 앞에 섰다.

"양만춘!"

양만춘이 연개소문을 마주했다. 두 사람은 서로 시선을 피하지 않았다. 안시성은 승리하였으나 연개소문은 그간의 일을 빌미로 양만춘을 처단할 수도 있었다. 주위에 둘러선 안시성 무장들이 마른침을 삼키며 긴장했다. 양만춘을 응시하던 연개소문의 눈매가 깊어졌다.

"그대가 고구려를 구했다."

연개소문의 말에 안시성 군사들 모두가 놀랐다. 두 눈을 크게 뜬 양만춘이 이내 표정을 풀고 목례를 했다. 연개소문이 고개를 끄덕였다. 고구려를 지키기 위해 목숨을 걸고 싸운 안시성에 대한 인사였다.

연개소문이 말을 돌려 토산을 내려가 벌판으로 내달렸다. 뒤를 따르는 개마무사들이 말을 몰아치며 후퇴하는 당나라 황제를 추격했다. 당나라군들이 썰물처럼 빠져나가자 벌판에 무수한 시신들이 드러났다. 안시성 성벽에서 목책이 내려가고 승리의 깃발이 올랐다.

고구려 국경에 걸친 늪지대에는 안개가 짙었다. 걸음을 걸을 때마다 질퍽한 흙에 발이 빠졌다. 당나라로 돌아가는 군사들은 누구 하나 입을 열지 않았다. 퀭한 눈가에 그늘이 깊었고, 상처에서 진물이 흘렀다. 당나라로 돌아가는 군사들 모두 악몽 속에서 길을 잃은 기분이었다.

한쪽 눈을 붕대로 두른 이세민의 얼굴에는 회한이 가득했

다. 고개를 들어 앞을 바라볼 때마다 세상의 절반이 까마득한 어둠에 잠겨있었다. 숨을 내쉴 때마다 얼굴에 뻗치는 고통이 느껴졌다. 빛나는 황금갑옷과 거대한 황금 막사는 어둠 속에서 모든 빛을 잃었다.

이세민이 지친 목소리로 방연에게 말했다.

"안시성 싸움을 어디에도 기록하지 마라."

"......"

방연이 대답할 말을 찾지 못하자 이세민이 말을 이었다.

"그 누구에게도 이 싸움을 알리지 말고, 후대에도 절대 알지 못하게 하라. 모두가 잊게 하라. 모두의 기억 속에서 잊히게 하라."

방연이 허망한 얼굴로 고개를 숙였다.

당나라로 돌아가는 길은 멀고 아득했다. 당나라 황제 이세민은 안시성을 떠올릴 때마다 온몸이 깨어지는 듯한 착각이 일었다. 고구려 국경을 넘어간 이후 그 누구도 황제 앞에서 안시성을 입에 올리지 않았다.

전투가 끝나고, 밤이 깊어질 때마다 안시성 곳곳에서 울부짖는 소리가 들렸다. 전투에서 죽은 가족들을 찾는 소리였다. 날이 밝으면 성민들은 망치질을 하고 마을을 보수했다. 그렇게 밤과 낮을 지나가며 안시성은 점점 제 모습을 되찾아갔다.

사물은 당나라 대군에 맞서 승리한 안시성의 모습을 바라보았다. 안시성을 지켜내기 위해 평양성으로 달려가 대막리지에게 지원군을 요청한 일이 지난날의 꿈같았다. 성민들을 바라보는 사물의 시선이 깊어지는 순간, 양만춘이 옆으로 다가왔다. 천으로 어깨를 동여맨 양만춘은 파리한 얼굴이었으나 온화한 표정이 깃들어 있었다.

양만춘이 사물에게 물었다.

"다시 평양성으로 가는 것이냐?"

"아직 태학을 다 못 마친 상태입니다."

대답을 하고 난 사물은 울컥 감정이 치밀었다. 평양성으로 돌아간다면 안시성에 다시 올 날을 기약하기 어려웠다. 사물이 가까스로 울음을 삼키자 목울대가 크게 움직였다.

"성주, 감사합니다. 안시성을 지켜주셔서. 그리고 고구려를 지켜주셔서……"

"우리가 모두 함께 한 거다."

양만춘을 바라보는 사물의 눈가에 마른 눈물이 돌았다. 양만춘이 미소를 지으며 말했다.

"언제든 돌아와라. 대장기는 아직 공석이다."

사물이 가볍게 목례를 했다. 마음속에서 뜨거운 온기가 돌면서 손끝이 가볍게 떨렸다.

양만춘은 성벽을 오르는 계단으로 향했다. 계단을 밟으면서 높아지는 시선으로 안시성을 보았다. 군사들이 무너진 성벽을 다시 세우고 있었다. 일정한 간격으로 망치질 소리가 울렸고, 아이들은 계속해서 나무와 돌을 날랐다. 촌락에서는 성민들이 불에 탄 집을 부수고, 새로 지붕을 엮고, 단단한 벽을 세웠다. 여인들은 상처를 치료하는 약을 만들기 위해 분주하게 움직였고, 막사 아래 누워있는 부상병들은 기운을 되찾고 있었다. 안시성 곳곳에서 밥 짓는 연기가 피어올랐다.

성벽 위로 오르자 소변도리가 사람들을 향해 외쳤다.

"우리 성주께서 나오셨다."

성벽 보수에 집중하던 군사들이 양만춘을 향해 시선을 모왔다. 양만춘이 문루로 걸어가자 안시성 무장들이 무릎을 꿇고 예를 표했다. 성벽 아래에서 분주하게 움직이던 성민들도 안시성을 지킨 성주를 향해 자세를 낮추고 허리를 숙였다.

"성주!"

모두 가슴이 벅차올라 성주를 불렀다. 양만춘이 감격스러운 얼굴로 정중한 인사를 보냈다.

당나라 대군이 물러난 안시성 벌판에는 선선한 바람이 불어왔다. 하얀 솜털 같은 억새꽃이 피어 바람 따라 일렁이고, 피로 물든 벌판에 누웠던 풀들이 하늘을 향해 몸을 세웠다. 당나라가 몰고 온 죽음을 넘어 안시성이 다시 일어서고 있었다.

안시성

1판 1쇄 인쇄 2018년 9월 13일
1판 1쇄 발행 2018년 9월 19일

각본 김광식
소설 원보람

발행인 김성룡
교정 김은희
디자인 김민정

펴낸곳 도서출판 가연
주소 서울시 마포구 월드컵북로 4길 77, 3층 (동교동, ANT 빌딩)
구입문의 02-858-2217
팩스 02-858-2219

ISBN 978-89-6897-043-6 03810